民国诗风
中国现代作家
旧体诗丛

李遇春 / 主编

王统照集

王统照 / 著　鲁微 / 编著

山西出版传媒集团　北岳文艺出版社
BEIYUE LITERATURE & ART PUBLISHING HOUSE

· 太原 ·

图书在版编目（CIP）数据

王统照集 / 鲁微编著. — 太原：北岳文艺出版社，2021.1

（民国诗风·中国现代作家旧体诗丛 / 李遇春主编）

ISBN 978-7-5378-6332-2

Ⅰ.①王… Ⅱ.①鲁… Ⅲ.①诗集–中国–现代 Ⅳ.①I226

中国版本图书馆CIP数据核字(2020)第239817号

书　　名：王统照集
著　　者：王统照
编　　著：鲁　微
出 品 人：赵　瑞
策　　划：续小强
责任编辑：左树涛
书籍设计：张永文
责任印制：郭　勇

出版发行：山西出版传媒集团·北岳文艺出版社
地　　址：山西省太原市并州南路57号
邮　　编：030012
电　　话：0351-5628696（发行部）
　　　　　0351-5628688（总编室）
传　　真：0351-5628680
经 销 商：新华书店
印刷装订：山西人民印刷有限责任公司

开　　本：787mm×1092mm　1/32
字　　数：184千字
印　　张：8.125
版　　次：2021年1月第1版
印　　次：2021年1月山西第1次印刷
书　　号：ISBN 978-7-5378-6332-2
定　　价：39.80元

本书版权为本社独家所有，未经本社同意不得转载、摘编或复制

《中国现代作家旧体诗丛·第二辑》总序

李遇春

五年前,我受北岳文艺出版社社长兼总编辑续小强先生的委托,主编了《中国现代作家旧体诗丛》第一辑。按照当时的构想,这是一套现代作家旧体诗词综合阅读丛书,它既要尽可能地满足读者的普及性阅读需求,同时也要坚守我们民族的新古典诗词文本阅读的学术品格。于是在体例上我们借鉴中国古典诗词鉴赏与研究的通行做法,严格遵循"四位一体"的编写原则,除了作家的诗词选本之外,还对每一首入选的诗词作品加以"题解""注释"和"评点",由此形成了"选""解""注""评"四个环节相连续的综合性阅读文本。事实证明,这是一套行之有效的编写方法,因为第一辑出版后受到了读者的欢迎和喜爱。随着近年来国内中华诗词热的持续升温,我们便有了编写第二辑的计划。第一辑中,我们收录了鲁迅、胡适、郭沫若、茅盾、郁达夫、闻一多、沈从文、萧军共八位新文学家的旧体诗词作品加以注评,而在第二辑中我们又增添了叶圣陶、俞平伯、朱自清、田汉、王统照、老舍、张恨水共七位新文学家，依同样的体例对他们的旧体诗词作品展开选注与笺评。我们希望能得到新老读者的青睐，以此作为我们继续坚持做下去的最大动力。

在中国现代旧体诗词发展史上，与遗老诗人、军政诗人、学者诗人、书画诗人等群体相比，新文学家群体的旧体诗词创作显然更受到读者的青睐。个中缘由当然很多，一个显在的理由便是，新文学家诗词更接地气，更有及物性，更有在场感。通常，晚清遗老在入民国后大抵濒临人生衰暮之年，或心理年龄远过于生理年限，故其诗词中多有新秩序中的不适感和违和感。虽然作为特定历史时期的心史存照，遗民诗词的思想与艺术价值不可低估，但毕竟与时代主潮之间隔了一层帷幕。至于军政诗人，经年的戎马生涯或政坛浮沉委实造就了他们不可替代的诗词人生底色，但他们中的大多数人平生无意做诗人，作诗不过事功之余事，故而缺乏诗艺经营的耐心，这多少削弱了其诗词创作的魅力。相对而言，现代学者与新文学家两大群体的旧体诗词创作在思想性和艺术性上不相伯仲、各有千秋。但现代学者大多囿于人生经历的褊狭，甚或表达方式的持重，其旧体诗词创作难免给人留下曲高和寡的印象，这无疑限制了其诗词作品的接受与传播效力。与学者诗人相比，书画诗人没有学术架势，这自然增强了其诗词作品的可读性；但问题是，书画诗词大都可读而不耐读，失之于清浅浮华。这就比新文学家旧体诗词的整体思想与艺术境界又低了一格。当然，这都是仅就观其大略而言，实际上各大群体中都有大家卓然屹立，佳作蔚为大观，不可一概而论高低卑下。毋庸讳言，新文学家旧体诗词创作内部也水准参差不齐，即使是名噪天下的新文学大家，其旧体诗词创作中也难免有敷衍应酬、平庸扫兴之作。但新文学家究竟是现代文学的骄子宠儿，读者对于他们在新文学之外的旧体诗词创作往往抱有异乎寻常的热情。虽然其中不乏探幽揭秘的阅读诉求，但毕竟还是彰显了其新旧融合的独特审美品格。

　　质而言之，新文学家旧体诗词可以在广义上被纳入"诗人之诗"范畴。所谓"诗人之诗"，其凸显者，乃诗人作诗的本色当行，其中往往凝结着或释放出诗人不拘格套的真性情。追溯起来，从晚明公安派诗论到清人袁随园的性灵说，再到近人黄遵宪的新派诗，中国近古"诗人之诗"不绝如缕，衰而复振，一脉相承。如果借用周作人的说法，晚明文学其实正是中国新文学的源头，而中国新文学不过是晚明文学的流脉。其实不仅新文学或新诗是如此，新文学家的旧体诗词又何尝不是这样！毋宁说，与新诗相比，新文学家的旧体诗词更能有效地传承中国古典"诗人之诗"的命脉。区别仅在于，新诗以"诗体大解放"的名义传承，而旧体诗词则以"旧瓶装新酒"的名义传承，而无论新体旧体，诗体形式虽不同，然其抒写自然性灵的精神同一，二者并无实质性差异。事实上，我们确实无法否认用文言写旧诗的鲁迅与用白话或文白夹杂的现代汉语写新诗、新小说、新散文的鲁迅就是同一个现代作家，就是同一个现代人。倘若借用鲁迅先生谈论革命文学的著名比喻，从血管里流出来的都是血，从喷泉里冒出来的都是水，只要作家站在人民和正义那一边，其文学必然就具有革命性。同理可得，只要一个中国作家具有现代意识，不论他对待传统的态度或姿态如何，究竟是"中体西用"还是"西体中用"，抑或是"中西调和"体用不分，甚至是曾经激烈地"全盘性反传统",然而,只要他运用中国传统的旧体写作,其旧体诗文就当属于现代中国文学范畴。这应该是没有疑义的。鲁迅先生如此,其他新文学家写旧体诗词皆可如是观。

但仅仅从"诗人之诗"角度考察新文学家旧体诗词创作还是不全面的,容易失之于皮相。因为很多新文学家还具备其他社会身份,如学者身份、官员身份、艺术家身份等。作为多种社会身份的统一体,新文学家在旧体诗词创作中必然会打上不同的身份烙印,由此形成其旧体诗词作品中复杂的精神底蕴或艺术取向。比如有的新文学家同时是著名学者,是大学教授,在古典学术殿堂占有一席之地,这样他的旧体诗词创作就难免带有学人思维和学人趣味。但他究竟是新文学家本位,故而与那种纯粹的"学人之诗"还是不同,诗词中的学术色调往往掩盖不了其性灵初衷。再如有的新文学家同时还是社会政治活动家,或者直接介入现代仕途经济,这必然会给他的旧体诗词创作带来强烈的政治色彩,但如果他能坚守新文学家的现代身份,其诗词创作就不会流为空洞的艺术口号,就不会沦为僵化的"仕人之诗"。相反,唯其保持"诗人之诗"的本色,其"仕人之诗"才会有灵性。可见,对于新文学家的旧体诗词创作而言,"诗人之诗"是根本,"学人之诗"和"仕人之诗"是附丽。若丧失了内在的根本,外在的附丽也就分崩离析、不成片断了。当然,对于新文学家而言,其现代身份的核心是知识分子身份,是从中国古代的士人传统转化而来的现代文人身份,所以坚守新文学家身份意味着其旧体诗词不仅是"诗人之诗",而且还是"士人之诗",前者是与生俱来的生命本能的艺术升华,后者是现代语境所赋予的自我人格的艺术折射。

从第一辑到第二辑,我们一共注评了十五位新文学家的旧体诗词作品。对于他们的旧体诗词创作道路和思想艺术得失,我们在每一本书的前言里都有简要的分析和说明,在此不再赘述。其实除了这十五位新文学家之外,尚有不少名家大师值得继续关注,如陈独秀、刘大白、周作人、冯沅君、胡风、聂绀弩、臧克家、何其芳、施蛰存、姚雪垠、钱锺书、辛笛等。感谢北岳文艺出版社,在当下这个艰难的疫情时节还能坚持出版这套丛书的第二辑,他们勇于传承中华优秀传统文化的使命感是值得作者和读者永远钦敬的。

2020年10月28日于武昌桂子山

前 言

鲁微

王统照(1897—1957),字剑三,山东诸城人。出生于书香门第,自幼接受中国传统文化熏陶。作为"五四"新文学的开创者之一,王统照创作了大量的新文学作品,为新文化事业发展做出了不可忽视的贡献。王统照的文学创作数量丰富,题材广泛,在小说、散文、诗歌、评论等方面都有不俗的成就。其中,旧体诗词的创作几乎贯穿了他的一生。王统照爱好旧体诗词,更长于旧体诗词,其作品虽然发表得不多,但是以目前搜集到的资料来看,不仅数量可观,内容也十分丰富。

一、笔耕不辍,诗行一生

王统照的旧体诗创作始于少年时代,直至病逝之前,他都笔耕不辍,因此给我们留下了大量的旧体诗词作品。王统照出生

二

于旧中国内忧外患的年代，从辛亥革命、五四运动、大革命、抗日战争、解放战争直至新中国成立，所有这些历史上的大事件，他都亲身经历了。因而，他的旧体诗词创作，与时代的风云变幻密切相关，不仅忠实记录了那段波澜壮阔的历史，也反映了他曲折的心路历程。王统照的旧体诗多达五六百首，这还不包括那些已经散逸的。纵观其旧体诗创作，大致可以分为三个时期：一是1913—1918年；二是"九一八"事变至新中国成立前夕；三是新中国成立后。

1913年，王统照考入济南山左学堂（翌年改名为山东省立第一中学），至1918年到中国公学学习，是他旧体诗创作的第一阶段。这一时期，王统照虽是一名学生，但却创作了大量的旧体诗词，是其创作数量最多的一个时期。王统照此阶段创作的诗作，主要收录在《剑啸庐诗草》和《剑啸庐诗存》这两部手稿中，多数未曾发表。此时的王统照，正处于人生思想的孕育期，因而纵观这一时期的诗作，不仅反映了王统照文学创作的启蒙之路，也鲜明地体现了他的个性气质。这些诗作在题材内容上，涵盖多个方面。首先，孤身一人离家求学的王统照，在旧体诗中表达了客居他乡的忧思。这种忧思并非简单的乡愁，还包含王统照少年时期特有的孤独、寂寞、迷茫等种种复杂情绪，更有特定时代的焦虑。如"罡风力大簸春魂，薏苡谗成泪有痕"（《集龚定庵诗成二绝》），诗人借龚自珍的诗句表达了其在现实重负之下的心神俱伤。《客思》则抒发了一个离家求学的少年对故乡和亲人深切的思念，"已过花朝寒食近，饧箫声里未归人"，字字蕴含着浓浓的乡愁。王统照幼年丧父，从小便饱尝家族欺凌的苦楚，后来又远赴异地求学，这种人生经历使他养成了敏感忧郁的性格。

但是，年少时期的王统照也并不局限于个人的伤春悲秋，他也时刻关注国家民族的前途命运。山东自近代以来一直饱受帝国主义的侵略，因此这片土地上遍布着动荡和灾难。这一切时时在王统照的心里掀起狂风巨浪，面对破碎的山河，王统照不仅悲痛而且愤慨。"不殊风景山河异，抚剑哀吟独倚楼"（《青岛寓楼感句》）以悲凉的笔调描写了诗人对祖国烽烟四起、山河破碎的忧虑和痛苦，爱国之情溢于言表。《青岛竹枝词》则以讽刺的笔调揭露并批判了帝国主义侵略者对青岛的压迫和掠夺。此外，这一时期王统照的旧体诗作，也有相当多的记游写景诗，如《寓楼望海》《同翔兄宣侄夜游明湖》等作品，写景细腻空灵，富有诗情画意，精细地刻画出了山东的自然风光。其他也还有涉及农村农民问题的诗作，如《旱魃谣》。

　　"九一八"事变至新中国成立前夕是王统照旧体诗创作的第二个时期，虽然此阶段旧体诗作数量远不及第一时期，但具有重要思想意义。受时代环境的影响，反帝爱国成为这一时期其旧体诗作的重要主题。1931年，王统照应友人之邀前往东北，在一所中学授课。此时东北在日军的虎视眈眈之下已岌岌可危，目睹了东北惨状的王统照，遂以旧体诗记录抒发自身感受。如《东北杂诗六首》，不仅描写了东北四平街的生活百态，还表达了诗人对日本帝国主义的愤懑。《东北纪行》则从总体上抒发了王统照东北一行的感触和写作心态，表现了他对祖国前途命运的深切忧虑，其他很多也属于展现社会动荡、民生凋敝之作。1934年，因国内局势紧张，王统照赴欧洲考察游历，写下了一些记游诗，代表作有《船行南海中见海燕》《自罗马寄》《雪莱墓上》等。如"雨丝风片送征途，幽丽山川重感予"（《自罗马寄》）描绘了罗马美丽的自然风光,"异乡晓梦觉啼莺,绿树春阴遍水城"(《自日内瓦寄》)则呈现了日内瓦的秀丽景色。此阶段,王统照的这些记游诗不仅书写自己欧洲之行的见闻和感受,同时也表达了对祖国家乡的深切关注与惦念。

新中国成立后,王统照由于工作繁忙,身体孱弱,几乎停止了小说、散文等文学创作,但旧体诗却一直笔耕不辍,最后结集成《鹊华小集》出版。新中国成立后举国欢腾,作为新中国社会主义建设的见证人,王统照积极响应祖国的号召,写下了不少反映新中国成立后重大事件的诗歌。《和公制先生》以春景比喻新中国的成立,抒发了诗人对新中国成立的喜悦。《土地改革》描写了土地改革给农民带来的喜悦和希望,讴歌了中国共产党的政策。《莒县吕家庄绿湾小坐口号》记录了王统照到山东省莒县吕家庄调查访问、体验生活的见闻和感受,集中反映了新中国成立初期农村政治经济等各方面的发展变化。《三柳树村农业合作社纪事诗》,是王统照调查访问山东省国营农场所写,反映了中国农村中存在的问题,体现了王统照对农民问题的思考。除了上述记叙诗,晚年的王统照笔下多抒怀之作,或描述自己饱受病痛折磨、无法建设祖国的抑郁,如"坐叹良时逝,裹衷力不胜"(《一九五三年中夏再入青市人民医院》);或表达与友人之间的深情厚谊,如"好撼胸怀同努力,饮君佳语胜醇甘"(《相别卅年重晤济南书此以呈陈毅同志笑正》)。此外,王统照还写了很多关于日常生活的诗,比如《济宁纪行》就描写了他在新中国成立后游览名胜古迹时的复杂心情;《连阴》《骤雨》等通过某个时段的所见,表达了自己一刹那的感受,既富有生活情趣,又充满情思。另外,王统照还写了一些关于艺术、文化的诗,如《重读江译日人著〈先秦经籍考〉》《为路大荒先生题所藏蒲松龄文稿遗墨》等,这些诗也反映出王统照的艺术情趣。

二、"健刚娜婀两平分"

在新文学作家中,鲁迅、郁达夫、陈独秀、郭沫若等作家都在旧体诗写作方面有颇深的造诣。唐弢先生曾历数他们的不同风格:"新文人中颇多精于旧诗者,达夫凄苦如仲则,鲁迅洗练出定庵,沫若豪放,剑三凝古,此外如圣陶、老舍、寿昌、蛰存、锺书诸公,偶一挥毫,并皆大家。"[①] 王统照的旧体诗海纳百川,博采众长,独具风骨,鲜明地体现出"健刚"和"娜婀"两结合的诗风。

王统照的作品,不论是小说、诗歌、散文,还是戏剧,都有其一以贯之的独特气质,即在"表现出'五四'时代共有的反抗的精神同时却加上了他自己的婉曲而沉郁的情绪"[②],这一点在旧体诗中表现得十分充分。王统照生于旧中国内忧外患的屈辱时代,在其旧体诗词中,我们总能看到他对黑暗时代的控诉与反抗,对美好社会的憧憬与追寻。不论是"莫抛感逝伤离泪,留与健儿洗战袍"(《南北》)的奋发前进,还是"零雨凄风,中原何处为家"(《声声慢》)中的悲愤,抑或是"拼得同心抗敌,是健者,羞为人奴虏"(《无闷(雾拥江波回荒渡)》)的战斗

---

① 唐弢:《晦庵书话》,生活·读书·新知三联书店,2007年,第281页。

② 郑振铎:《悼王统照先生》,载冯光廉、刘增人编《王统照研究资料》,宁夏人民出版社,1983年,第69页。

与激昂,都表现了王统照批判黑暗社会、反抗旧时代的坚定信念与无畏决心。这一点既是王统照旧体诗词的思想主脉之一,也是其"健刚"诗风的表征所在。而另一方面,王统照孤独、忧郁的诗人气质在创作中的映射,使其旧体诗词呈现出"娜婀"的美学风范。王统照生于旧中国,幼年丧父,家中只有寡母弱妹,又饱受家族欺凌,后来孤身一人离家求学,寂寞无依,因此形成了这种忧郁气质。后来,诗人亲身经历了辛亥革命、五四运动、大革命、抗日战争、解放战争等历史事件,这种个人的忧郁气质在时代氛围的影响下变得沉重悲愤,并日渐呈现出"沉郁"之气。晚年的王统照,终于迎来光明,但在喜悦之余,仍旧未能摆脱这种与生俱来的忧郁。在《鹊华小集》中,我们依然能看到他的忧愁。这与以往又有所不同,既不是少年愁滋味的呻吟,也不是时代压迫下的悲号,而是晚年清淡的一声叹息。概而论之,一方面,王统照积极投身社会、反抗时代、寻求光明,彰显出自身对光明的向往;另一方面,个人、家庭、时代的氛围,也造就了其"沉郁曲而婉"的内敛气质,由此共同形成了王统照旧体诗词的美学风格:既阳刚充盈,同时却又委婉曲折。

　　王统照自幼学习古代典籍,他自言"幼嗜涂抹,自髫年为此",可见他善于模仿学习各种形式的文学创作。王统照的旧体诗创作兼收并蓄,博采各家之长,庄骚的坚贞高洁,龚自珍的浪漫主义和爱国主义,都能在王统照的诗作中看到痕迹。写于少年时代的诗,有着特定年纪的忧郁和迷茫,很多诗朦胧晦涩,浪漫婉约,风格上不乏温、李的影响,如"潇潇春雨透轻寒,旅舍灯青梦未阑"(《有怀》)、"朔燕催寒,西风掠鬓,客怀容易阑珊"(《满庭霜·客思》)等,字句雕琢,婉约清新之中又带着缕缕哀伤,呈现出"娜婀"之姿。三四十年代,诗人经历战乱,阅历更加丰富,思想更为成熟,诗歌风格以现实主义为主。如《东北纪行》《东北杂诗六首》等诗作,以悲愤的笔调描绘了东北惨遭日军蹂躏的惨状,既有杜甫的"沉郁顿挫"之风,又有陆游的悲怆苍凉。可以说,此阶段王统照的旧体诗词,格调苍凉遒劲,感情浑厚凝重,充满了一种力量之美,呈"健刚"之势。整体而言,王统照的旧体诗词古今糅合,艺术风格自成一体,刚柔相济,独标风骨,壮美与优美并存,呈现出"健刚娜婀两平分"的诗学特征。

三、几点编写说明

本书的原诗除特别说明之外,均选自杨洪承主编的《王统照全集》(中国工人出版社2009年)。其中,《剑啸庐诗草》和《剑啸庐诗存》是作者早年的两部诗集手稿,绝大部分未发表,大致写于1913—1917年间,具体创作时间不可考。1981年山东人民出版社出版的《王统照文集》将两部手稿合一,《王统照全集》则按两部手稿的原貌编排。本书编排中,有具体创作及发表时间的按时间顺序编排,其余按全集原貌编排。《鹊华小集》是新中国成立后王统照自费出版的诗集,按年代放于最后。另外,《剑啸庐诗草·补编》是后来搜集到的集外旧体诗,有明确创作时间的按时间顺序放,未有明确创作时间的则按全集原稿编排。本书中的诗作主要以《王统照全集》(中国工人出版社2009年)为据,另以《王统照文集》(山东人民出版社1981年)为参考,纠正了其中明显的错讹并补充了诗人原注。每首诗分为题解、注释和评点三个部分。题解主要对本诗的创作或发表时间及登载刊物、创作缘由、时代背景进行说明。注释部分主要对诗中较难理解的典故、词句进行解释说明。在评点方面，主要从思想内容、艺术特色等方面进行粗略点评，同时也兼及王统照旧体诗与其他文体创作之间的关系。

本书在编撰过程中主要参考了王立鹏的《王统照诗词注评》（《山东师大学报（1987年增刊）》），姚素英的《王统照诗词解析》（吉林文史出版社1999年）、刘增人的《王统照传》（东方出版社2010年）、《王统照论》（山东教育出版社2001年），冯光廉、刘增人的《王统照研究资料》（知识产权出版社2010年）以及其他一些相关研究成果。在此，特向以上所有专家学者表示由衷的谢意。限于本人才疏学浅，本书若有纰漏、疏忽之处，敬请专家、读者批评指正。

第一辑

- 〇〇三　集龚定庵诗成二绝
- 〇〇六　风雪
- 〇〇八　怀人（一）
- 〇一〇　客思
- 〇一二　春雨
- 〇一四　有怀
- 〇一六　三月十三日由坊子至家途中
- 〇一八　怀人（二）
- 〇二〇　清明后二日晚坐偶成（其二）
- 〇二二　晚庭闲步
- 〇二五　春雨怀人
- 〇二七　初夏即景
- 〇二九　七律二首（其一）
- 〇三一　七绝五首
- 〇三四　七律二首（其一）

〇三六	清夜	
〇三八	危坐（其一）	
〇四〇	二月二十夜对月（其二）	
〇四二	二月二十一日晚即事	
〇四四	道中	
〇四六	与校中同人郊外看花小酌（其一）	
〇四八	青岛寓楼感句（其一）	
〇五〇	寓楼望海	
〇五二	青岛竹枝词	
〇五五	回忆词·忆行	
〇五七	同翔兄宣侄夜游明湖	
〇五九	中秋客感（其一）	
〇六一	风雨连朝登校楼即景	
〇六三	秋夜	
〇六五	夜读	
〇六八	秋闺怨（其一）	
〇七〇	旧历元旦赋怀	
〇七二	倦夜用东坡原韵（其二）	
〇七三	题自著除夜小说后	
〇七四	游晏公庙	
〇七八	读马君武所译托尔斯泰之短篇小说《绿城歌客》感而赋此	
〇八〇	春暮	
〇八二	端阳日郊游	

〇八四	闻邑中得雨志感
〇八六	夜坐
〇八八	题画桃花
〇九〇	对月(一)
〇九二	因书(用玉溪生韵)
〇九四	独坐
〇九六	江南
〇九八	积阴
一〇〇	对月
一〇二	青岛与友人晚眺
一〇四	胶济道中即目
一〇六	狂疏
一〇八	南乡子
一一〇	小重山
一一二	满庭霜·客思
一一四	意难忘·莲心
一一六	声声慢
一一八	临江仙(清病连朝无气力)
一二〇	鹧鸪天(漫擘香云作盘鸦)
一二二	虞美人(西风一夜银塘冷)
一二四	蝶恋花(凉月如霜偏入户)
一二六	长相思(水迢迢)
一二八	水调歌头(又送新秋去)

第二辑

- 一三三　将东归矣赋赠木鸡（其一）
- 一三五　杂感二首（其一）
- 一三七　息机（一）
- 一四〇　丁卯集（四）
- 一四二　东北杂诗六首（一）
- 一四五　北国四首
- 一四八　东北纪行
- 一五〇　朔风五首（选二）
- 一五三　械械七章（其一）
- 一五五　寄怀一侠宜昌
- 一五七　夜与知非笑谈山海关战事感赋二首（其一）
- 一五九　船行南海中见海燕
- 一六一　三月十九日夜
- 一六三　自罗马寄
- 一六五　雪莱墓上
- 一六七　自日内瓦寄
- 一六九　一九三六年九月中旬游黄山，某日晚登狮子林后之清凉台，得诗二首（其一）
- 一七一　无闷
- 一七三　南北（其一）
- 一七五　三岁二首（其一）
- 一七七　夏丏翁羊毛婚唱和诗
- 一七九　忆老舍与闻一多二首（其二）

一八一	友人以所植白片朱丝山茶见赠灯前写意
一八三	览潘君颖舒所作《王心葵先生传》赋此
一八五	题画（其一）
一八七	与予遂重晤海滨，念往抚今，感不能已！以旧体诗二首书赠（其一）
一八九	悼佩弦
一九一	云山二首示友人
一九三	一九四九年初春远行前作
一九五	示爱居

第三辑

一九九	和公制先生（其一）
二〇一	土地改革
二〇三	取缔邪教道门
二〇五	一九五〇年仲冬雪后（其一）
二〇七	病过
二〇九	忙中二首
二一一	莒县吕家庄绿湾小坐口号（其一）
二一三	济宁纪行（其一）
二一五	题澄之摄相片
二一七	一九五三年中夏再入青市人民医院
二一九	寄示东厓先生
二二一	相别卅年重晤济南书此以呈陈毅同志笑正（选二）
二二三	重读江译日人著《先秦经籍考》

二二五	以《山雨》赠克家附题四十字
二二七	游碧云寺
二二九	翔千兄逝世诗以纪感（选二）
二三一	为路大荒先生题所藏蒲松龄文稿遗墨（其一）
二三三	题王献唐先生画红梅扇面
二三五	答赠

第一辑

集龚定庵诗成二绝

洗①尽狂名消尽想②,情多处有悲欢③。
少年揽辔澄清志④,任作淋漓淡墨看⑤。

罡风力大簸春魂⑥,蕙茞谗成泪有痕⑦。
世事沧桑心事定⑧,天花容易殒灵根。

〔题解〕

　　本诗选自《剑啸庐诗草》,大约写于诗人十六七岁时,即1913—1914年间。《剑啸庐诗草》是王统照在山东省立第一中学时创作的一部旧体诗稿,绝大部分诗作未发表,具体创作时间不详。王统照自序有云:"四年前之夏,予既已重录旧诗凡千余首装册备存矣,然幼嗜涂抹,自髫年为此,其间零星散佚或未经录稿者岂止此数。丙寅季秋再返故居,检藏书从簏中,复得予十六七岁之诗稿一小册,蚓画蛛封,故已与纸屑破卷同弃于墙隅敞笸中矣……1923年10月剑三自记于琴岛观海楼。"龚定庵即龚自珍,字璱人,号定庵,浙江人。晚清思想家、文学家,也是改良主义的先驱。其诗文主张"更法""改图",揭露并批判清王朝统治的黑暗腐朽,充满爱国主义情怀。著名诗作《己亥杂诗》,多咏怀和讽喻之作。其诗瑰丽古肆,又不乏自然平易,因而自成一派。王统照一直十分推崇龚自珍的诗,因此经常集其诗句成诗。

〔注释〕

① 洗:《王统照全集》中为"沈",《王统照文集》中为"洗"。此处从"洗"。

② 出自《定庵集外未刻诗》。原诗为:"欲为平易近人诗,下笔情深不自持。洗尽狂名消尽想,本无一字是吾师。"

③ 出自《定庵集外未刻诗》:"情多处处有悲欢,何必沧桑始浩叹!昨过城西晒书地,蠹鱼无数讯平安。"

④ 出自《己亥杂诗》:"少年揽辔澄清意,倦矣应怜缩手时。今日不挥闲涕泪,渡江只怨别蛾眉。"揽辔澄清:揽辔,挽住马缰。澄清,使变清,喻平治天下。揽辔澄清,表示革新政治,澄清天下的抱负。

⑤ 出自《己亥杂诗》:"霜毫掷罢倚天寒,任作淋漓淡墨看。何敢自矜医国手,药方只贩古时丹。"

⑥ 出自《己亥杂诗》:"罡风力大簸春魂,虎豹沈沈卧九阍。终是落花心绪好,平生默感玉皇恩。"罡风:强烈的风。簸:颠簸,摇晃。

⑦ 出自《定庵集外未刻诗》。原诗为:"风情减后闭闲门,襟尚馀香袖尚温。魔女不知侵戒体,天花容易陨灵根。蘪芜径老春无缝,薏苡谗成泪有痕。多谢诗仙频问讯,中年百事畏重论。"天花:天女散花,佛教故事。天女散花以试菩萨和声闻弟子的道行,花至菩萨身上即落去,至弟子身上便不落。陨:古同"殒",灭亡,死亡。薏苡:一种草本植物。

⑧ 出自《己亥杂诗》:"只将愧汗湿莱衣,悔极堂堂岁月违。世事沧桑心事定,此生一跌莫全非。"

〔评点〕

集句,是旧时作诗的方式之一,指截取前人诗句以成新诗。这种作诗方式要求诗人熟悉掌握大量诗词,并对原诗句融会贯通,进而使新作集句诗拥有完整的内容和崭新的主题,自然流畅。"集句"一名,出自宋代陈师道的《后山诗话》,但现存最早的集句诗可追溯到西晋傅咸的《七经诗》。王统照对龚自珍的诗句信手拈来,集成新诗,既能看出他对龚自珍的推崇,也体现出他深厚的古典诗词素养以及在艺术创作中的探索精神。第一首前两句流露出诗人被现实压迫的无奈之感,而后两句则笔调一转,表现出少年诗人胸怀天下、壮志凌云的豪情。第二首的基调则比较伤感,用比喻和拟人的修辞手法表情达意。第一句借"罡风"比喻现实的重负,流露出"高处不胜寒"之意,"春魂"可理解为诗人之魂,饱受摧残。第二句表面写"薏苡"之泪,实则写诗人之泪。最后两句则颇有历尽沧桑、心神俱伤之感。少年诗人本该意气风发,但此诗却流露出与诗人年龄不相符的重压之下的痛苦,可见当年诗人面临的现实环境之恶劣。

风 雪

萧条风雪困诗思①,万籁②无声夜柝③迟。
斗帐④心愁惟梦医,穷途眼泪诉灯知。
少年歌泣真哀乐⑤,时世梳妆学慧痴⑥。
阅得人间忧患始,劳人⑦莫使鬓添丝。

〔题解〕

本诗选自《剑啸庐诗草》,约作于诗人十六七岁时,即1913—1914年间。那时诗人刚从相州到山东省立第一中学读书。离开故乡和亲人,独自在外求学的王统照只能发奋苦读,却也时常感到孤独与寂寞,于是在一个寒冷的冬夜作此诗抒发内心积郁。

〔注释〕

① 诗思:作诗的情思。[唐]韦应物《休暇日访王侍御不遇》:"怪来诗思清入骨,门对寒流雪满山。"
② 万籁:自然界万物发出的响声;一切声音。
③ 夜柝:巡夜的梆声。
④ 斗帐:小帐子,因其形如覆斗而得名。[清]陈维崧《采桑子·为汪蛟门舍人题画册十二帧》:"红樱斗帐空如水,烟月罗罗,人到南柯。"

⑤ 此句化用自龚自珍《己亥杂诗》中"少年哀乐过于人,歌泣无端字字真"一句。
⑥ 慧痴:佛教用语,指不问世事,专心修行。
⑦ 劳人:忧伤之人。《诗经·小雅·巷伯》:"骄人好好,劳人草草。"〔东汉〕高诱《淮南子》注:"劳,忧也。"

〔评点〕

  本诗第一句用"萧条"一词奠定了全诗感伤的情感基调,一个"困"字则说明了诗人在寒冷的冬夜心绪烦乱的状态,此时陪伴诗人的只有外面的更声和屋内的孤灯,"穷途""眼泪"等词语使全诗笼罩着哀愁的氛围。王统照自幼目睹了封建大家族的人情世故,七岁又丧父,偌大的家业,自己和两个年幼的妹妹都靠母亲独撑,因此王统照从小就养成了敏感忧郁的性格气质。十六岁那年他独自一人离家到济南求学,对家乡亲人的牵挂时时令他忧从中来。再加上辛亥革命成果被窃取后,帝国主义列强的入侵导致山河破碎、民不聊生,于是家仇国难集于一身。这首诗即真实地反映了少年诗人在家与国的双重危机中,内心的苦闷、迷茫和哀伤。虽然从中不难看出早期诗作的稚嫩,但却让我们看到了一个具有家国情怀的忧郁少年的真挚情感。

怀人（一）

契阔①从知意志违②，春来景物怨离迷③。
堕茵④柳絮知心迹，流水桃花认爪泥⑤。
万里关山秋射隼⑥，五更风雪夜闻鸡⑦。
天涯却近王孙⑧远，犹是鹧鸪⑨不住啼。

〔题解〕

本诗选自《剑啸庐诗草》，大约写于诗人十六七岁求学济南时期，即1913—1914年间。王统照十分看重友情，在他的旧体诗中有不少怀念朋友的诗篇。在一个美好的春天，诗人却要与朋友分别，心中不胜难过，遂作此诗表达自己的不舍之情。

〔注释〕

① 契阔：离合聚散。《诗经·邶风·击鼓》："死生契阔，与子成说。"
② 违：违背。
③ 离迷：模糊不清。
④ 堕茵：堕，坠落。茵，垫子、褥子的通称。堕茵，指花朵飘落在席垫上。语出"坠茵落溷"。

⑤ 爪泥:"雪泥鸿爪"的简称,比喻往事遗留的痕迹。[北宋]苏轼《和子由渑池怀旧》:"人生到处知何似,应似飞鸿踏雪泥。泥上偶然留指爪,鸿飞那复计东西!"
⑥ 隼:鹰隼,泛指凶猛的鸟。
⑦ 夜闻鸡:语出"闻鸡起舞"。《晋书·祖逖传》:"与司空刘琨俱为司州主簿,情好绸缪,共被同寝。中夜闻荒鸡鸣,蹴琨觉曰:'此非恶声也。'因起舞。"后以"闻鸡起舞"比喻志士发奋图强。
⑧ 王孙:古代指贵族子弟。《楚辞·招隐士》:"王孙游兮不归,春草生兮萋萋。"这里指王统照的友人。
⑨ 鹧鸪:鸟类的一种,背部和腹部黑白两色相杂,头顶棕色,脚黄色。古人谐其鸣声为"行不得也哥哥",诗文中常用以表示思念故乡。

〔评点〕

春天本是一个草长莺飞、花红柳绿的美好季节,然而在诗人迷离的泪眼中,一切都是模糊不清的。这是因为与友人的分别,使得诗人心中难过万分,因此,再美好的景色也提不起诗人的兴致。颔联以飘忽不定的柳絮和顺水而流的桃花比喻求学游子漂泊不定的处境和寂寞孤独的心情,不仅精当且富有意味。颈联既是对往昔与友人相处的美好时光的怀念,也是与朋友的共勉,虽万分不舍,但依然要奋发图强。朋友远在千里之外,只能以鸟儿谐音的叫声来表达自己的离别愁苦。全诗对仗工整,比喻精当,用典自然,情感波澜起伏,具有很强的感染力。

客 思

轻阴默默漾轻尘，杜宇①声啼到耳频。
王粲登楼②成独啸，庄生涸辙③感浮身。
河山破碎留残照④，琴剑⑤飘零又一春。
已过花朝⑥寒食⑦近，饧箫⑧声里未归人。

〔题解〕

　　本诗选自《剑啸庐诗草》，大约写于诗人十六七岁时，即1913—1914年间。诗人写作此诗时正值帝国主义列强瓜分中国、人民生活艰难困苦之际。诗人面对山河破碎、民生凋零，又想到自己孤身漂泊，因而作此诗慨叹胸中苦闷。

〔注释〕

① 杜宇：传说中的古代蜀国国王。这里指杜鹃鸟。
② 王粲登楼：王粲，东汉末年文学家，"建安七子"之一，善属文，其诗赋为建安七子之冠。《登楼赋》是他的代表作。
③ 庄生涸辙：庄生，即庄子。涸辙，"涸辙之鲋"的简语，出自《庄子·外物》："周昨来，有中道而呼者，周顾视车辙中，有鲋鱼焉。"后多用于比喻在困境中急待援

助的人。

④残照:落日的光辉,夕照。

⑤琴剑:琴与剑,旧指文士的行装。

⑥花朝:俗称"花朝节",旧俗以农历二月初二、二月十二或二月十五为"百花生日",故称。节日期间,人们结伴到郊外游览赏花,称为"踏青",姑娘们剪五色彩纸粘在花枝上,称为"赏红"。

⑦寒食:俗称"寒食节",是日初为节时,禁烟火,吃寒食。相传起于晋文公悼念介子推事,因介子推与其母被焚烧死,晋文公下令是日禁火寒食,以寄哀思,后相沿成俗。

⑧饧箫:卖饴糖人吹的箫。[清]龚自珍《冬月小病寄家书作》:"饧箫咽穷巷,沉沉止复吹。"

〔评点〕

　　淡淡的光影中轻尘飞扬,杜宇的啼声频频传来,却更加让人孤寂。首联从视觉和听觉两个方面给全诗营造出一种寂寞哀婉的氛围。颔联则借王粲和庄子来表达自己在乱世中孤身飘零的茫然和苦闷。面对祖国山河破碎的场景,诗人作为弱小的知识分子只能无可奈何。花朝已过,寒食将近,客居他乡的自己却看不到归期,这恰恰点明了"客思"这一主题。诗人不仅"思家",也"思国"。诗中的"独啸""浮身""残照""飘零"等词语都给人残缺萧索之感,抒发了诗人"客思"的孤独与凄凉。

春　雨

浴兰①天气半晴阴，草长莺飞②感不禁。
一曲饧箫春事近，卖花声被雨声分。

〔题解〕

　　本诗选自《剑啸庐诗草》，大约写于诗人十六七岁时，即1913—1914年间。济南以众多的风景名胜而出名，大明湖、趵突泉、千佛山等地的迷人风光，都引人遐思。王统照在济南求学时，经常与朋友一起到郊外游玩，领略美好的自然风光，这首诗便是诗人记录游历之景而作。

〔注释〕

① 浴兰：浴兰汤，即用香草水洗澡。古人认为兰草避不祥，故以兰汤洁斋祭祀。
② 草长莺飞：形容江南暮春的景色。〔南朝·梁〕丘迟《与陈伯之书》："暮春三月，江南草长，杂花生树，群莺乱飞。"

〔评点〕

　　本诗前二句从视觉出发，以白描的手法勾勒出春天生机勃勃的景象，蔚蓝的天空下，如此盎然的春意不禁令人心旷神怡。后二句则从听觉的角度，写箫声、卖花声和雨声交织在一起，一个"分"字用拟人化的手法使"春雨"获得了生命力，抽象的"雨"变得具体而生动，并在"饧箫"和"卖花声"的衬托下显得别有味道，可谓妙哉！在这样一幅兼具视觉和听觉效果的"春雨"图中，诗人将写景与抒情自然地结合起来，抒发了自己欣赏自然风光的愉悦和如同春天般蓬勃向上的思想感情。

有 怀

潇潇春雨透轻寒,旅舍灯青梦未阑①。
鹦鹉词②成心事痗③,鸳鸯梦冷漏声④残。
相思未许留眉迹,见面翻⑤多欲语难。
无限情思空惆怅,东风料峭⑥白袷⑦单。

〔题解〕

本诗选自《剑啸庐诗草》,约写于诗人十六七岁时,即1913—1914年间。

〔注释〕

① 未阑:未尽。
② 鹦鹉词:唐代诗人吴英秀创作的一首诗。[唐]吴英秀《鹦鹉》:"莫把金笼闭鹦鹉,个个分明解人语。忽然更向君前言,三十六宫愁几许。"
③ 痗:忧伤成病。《诗经·卫风·伯兮》:"愿言思伯,使我心痗。"
④ 漏声:铜壶滴漏之声。[宋]苏轼《寒食夜》:"漏声透入碧窗纱,人静秋千影半斜。"

⑤ 翻:反而。
⑥ 料峭:形容微冷,多指春寒。〔宋〕苏轼《定风波·莫听穿林打叶声》"料峭春风吹酒醒,微冷"。
⑦ 白袷:白色夹衣,指旧时平民的服装,亦指尚未取得功名的士人。

〔评点〕

王统照出身于封建社会的大家族,其婚姻大事无法自由做主。但作为一个求学在外的新式学生,王统照向往的是现代自由恋爱。这种现实与理想的错位,使得诗人心中往往充满了无限惆怅。微寒春雨之时,旅舍青灯之下,旧梦缠绕在心头。纵有万般情思,却只能藏于心中,无法言明,只能独自惆怅。诗人以一种隐忍克制的笔调描写了旧社会青年男女不能自由恋爱的痛苦,同时也抒发了在外求学的孤独与凄冷,哀婉的倾诉中流露出一种悲凉之美。

三月十三日由坊子至家途中

暮色苍然合,东风袭我襟。
疏星随月淡,枯树带云深。
旷野飘灯暗,轻尘点鬓纷。
车行方辘轳①,碾碎故乡心。

〔题解〕

　　本诗选自《剑啸庐诗草》,大约作于诗人十六七岁时,即1913—1914 年间。"坊子"指胶济线上的一个车站。现在的潍坊市就是 1948 年以潍县城关和坊子等地为中心设立的城市。王统照从济南回故乡须在坊子转乘交通工具,本诗便作于途中。

〔注释〕

　　① 辘轳:车轮声。

〔评点〕

　　这首诗描写了诗人由坊子回故乡途中的所见、所闻与所感。首联点出了诗人前行的大致环境,即暮色降临,东风微凉,奠定了一种凄冷的基调。颔联和颈联描绘了一幅月夜归乡图,星星疏落,月光暗淡,诗人目及之处是幽深的树林、空旷的田野和忽明忽暗的灯影，营造出一种凄凉萧索的意境。在这幅图中，诗人用"疏""淡""枯""深""旷""暗"等字，生动地写出了景物最突出的特点，简洁而传神。滚滚的车轮，碾碎的是游子的"故乡心"。"碾碎"一词充分体现出诗人心中的痛苦之深。全诗前三联写眼前之景，最后一联道出心中之情，抒发了诗人回乡途中的思念与惆怅之情。

怀人（二）

霭然①云树暗，淡月照离人②；
天末③思之子④，行行⑤贮⑥苦辛⑦。

〔题解〕

本诗选自《剑啸庐诗草》，约写于诗人十六七岁时，即1913—1914年。

〔注释〕

① 霭然：暗淡不明，昏暗。
② 离人：离别的人；离子，游子。［元］王实甫《西厢记》："晓来谁染霜林醉？总是离人泪。"
③ 天末：天边，天际。［唐］杜甫《天末怀李白》："凉风起天末，君子意如何。"
④ 之子：这个人。《诗经·周南·桃夭》："之子于归，宜其室家。"
⑤ 行行：不停地前行。《古诗十九首》："行行重行行，与君生别离。"
⑥ 贮：积存。
⑦ 苦辛：辛苦。

〔**评点**〕

　　这首诗是一首思亲怀人之作。诗的第一句写黑夜中的茂林,一个"暗"字烘托出寂静的氛围;第二句写月光的疏淡,在茂密的树林中,月影忽隐忽现,在此景之下,离人的形象显得尤为孤独。最后两句则由写景转为抒情,遥远的天际,无穷的路途,以回路之艰难与凄冷,衬托诗人内心的思念与愁苦,非常典型地反映了诗人青少年时期的个性气质。全诗由景及情、虚实相生,语言简洁含蓄,意境淡雅,情思绵绵。

清明后二日晚坐偶成(其二)

寄抱莳花①成底事②,笑我身世等鸥闲③。
头颅乱世负荆聂④,文字蚀心效屈班⑤。
江上未闻灵瑟奏⑥,人间忍教誓文删⑦。
鸾飘凤泊⑧年来事,赢得襟前泪尚斑。

〔题解〕

本诗选自《剑啸庐诗草》,约作于诗人十六七岁时,即1913—1914年间。是诗人于清明后二日所作。王统照自幼酷爱文学,这首诗较早体现了他献身文学事业的思想。

〔注释〕

① 莳花:莳,移植、栽种。莳花,栽花、修花。
② 底事:何事。〔唐〕刘肃《大唐新语·酷忍》:"天子富有四海,立皇后有何不可,关汝诸人底事,而生异议!"
③ 鸥闲:指鸥鸟闲暇自在。
④ 荆聂:荆,指荆轲,卫国人,战国末年刺客。聂,指聂政。战国时韩国人,同样为刺客。
⑤ 屈班:屈,指屈原,战国时代楚国的爱国诗人、政治家。其代表诗作《离骚》《九章》等。班,指班固,东汉史学家、

文学家,代表作《汉书》。

⑥江上未闻灵瑟奏:化用唐代诗人钱起《省试湘灵鼓瑟》的诗句而成。原诗为:"善鼓云和瑟,常闻帝子灵。冯夷空自舞,楚客不堪听。苦调凄金石,清音入杳冥。苍梧来怨慕,白芷动芳馨。流水传湘浦,悲风过洞庭。曲终人不见,江上数峰青。"

⑦此句化用龚自珍《己亥杂诗》中"删尽蛾眉惜誓文"句意。誓文,指《楚辞》中《惜誓》一文,作者不详,或系汉代贾谊所作。全篇用第一人称,代屈原自抒感愤之情。因哀惜楚怀王与其有信约而后背弃,故名《惜誓》。

⑧鸾飘凤泊:语出［唐］韩愈《峋嵝山》:"科斗拳身薤倒披,鸾飘凤泊拿虎螭。"旧时比喻夫妻离散或志士失意。这里指生不逢时,抱负难以实现的失意心理。

〔评点〕

这首诗颔联借历史人物和故事抒发诗人情怀,"负荆聂"指诗人因为自己没有救国于危难因而有感,负于荆轲、聂政;"效屈班"则说明诗人以班固和屈原为榜样,愿意像他们那样献身文学事业,匡扶正义。颈联则通过化用前人诗句,表达了诗人看不到光明未来的悲愤之情。尾联则通过"鸾飘凤泊"比喻自己的现实处境,流露出壮志难酬的遗憾与痛苦。"五四"新文化运动前的王统照,还在济南求学,他和大部分知识分子一样,身处乱世而无法实现自己的理想抱负,失意、迷茫、苦闷种种情绪缠绕心头,这首诗非常典型地表现了他的这种情绪。

晚庭闲步

暖风吹处使人慵①，零落梅花绝世容。
会得一枝相赠意，冷香古艳洗诗胸②。

晚来天末飐③东风，花信④催成造化⑤功。
小立却输闲蝴蝶，翩飞⑥随意上花丛。

草色上阶苔晕⑦碧，欣欣万物向荣初。
夕阳淡落微醺⑧起，闲立庭除⑨读异书⑩。

春魂漂泊妒年芳，飞逐游丝几许长。
寄语东风休拘束，好随午梦过横塘⑪。

〔题解〕

本诗选自《剑啸庐诗草》，大约写于诗人十六七岁时，即1913—1914年间。诗人于此间一个晚上闲庭散步，心有所感，遂写下这四首诗。

〔注释〕

① 慵:慵懒,困倦。
② 诗胸:诗人的胸怀。
③ 飏:通"扬",飞扬,飘扬。《说文》:"飏,风所飞扬也。"
④ 花信:"花信风"的简称,指某种节气时开的花,犹言花期。[宋]范成大《闻石湖海棠盛开亟携家过之》:"东风花信十分开,细意留连待我来。"
⑤ 造化:创造化育。这里指天地、自然界。[唐]杜甫《望岳》:"造化钟神秀,阴阳割昏晓。"
⑥ 栩飞:栩,怡然自得的样子。栩飞,怡然自得地飞翔。
⑦ 苔晕:苔藓的模糊痕迹。
⑧ 微醺:醺,古同"熏",熏染,借指烟、气。微醺,这里指薄薄的烟雾。
⑨ 庭除:庭前阶下,庭院。[唐]李咸用《题陈将军别墅》:"不独春光堪醉客,庭除长见好花开。"
⑩ 异书:珍贵或罕见的书籍。参考诗人王统照此时求学济南的经历,推断此处"异书"或许指与西方有关的书籍。
⑪ 横塘:古堤名,三国吴筑于建业(今南京)城南淮水(今秦淮河)南岸,也泛指水塘。这首诗里指梦中的仙境。

〔评点〕

这是一组咏物诗,通过吟咏庭院里的梅花、蝴蝶等景物来言志和抒情。第一首,通过描写暖风的微醺、梅花的零落,来表现诗人闲适的状态,重点突出了梅花的绝世姿容,并以此来比喻诗人清冷高洁、孤芳自赏的真性情。第二首诗中,东风轻拂,蝴蝶自由自在地飞翔,这种闲适连自诩闲步的"我"也比不上,由此表达了诗人向往自然、悠闲自在的心态。第三首,以夕阳下的薄雾和欣欣向荣的万物所构成的春意盎然图,抒发了诗人发奋读书的志向和抱负。最后一首中,第一、二句有羁旅漂泊、时光飞逝之感,三、四句则表现出诗人无拘无束、意气风发的闲情。诗题中的"闲"字为核心,四首诗通过描写庭院里的典型景物,表现了诗人闲庭信步时悠然自得的心境,语言清丽自然,诗风冲淡平和,与诗人闲适的心绪相呼应。

春雨怀人

愁向东风奠①一卮②,潇潇庭院雨如丝。
楼头柳丝分横黛③,花外鹃声④惜别辞。
燕子呢喃⑤春事尽,梨花零落暮愁时。
晚来窗外清音寂,独倚屏风画折枝。

〔**题解**〕

本诗选自《剑啸庐诗草》,大约写于诗人十六七岁时,即1913—1914年间。面对淅淅沥沥的春雨,诗人感怀万千,思念旧人,遂作此诗。

〔**注释**〕

① 奠:献。
② 卮:古代盛酒的器皿。《史记·项羽本纪》:"赐之卮酒。"
③ 黛:青黑色的颜料;青黑色。[唐]杜甫《古柏行》:"霜皮溜雨四十围,黛色参天二千尺。"
④ 鹃声:杜鹃的叫声。
⑤ 呢喃:燕子鸣叫的声音。

〔评点〕

　　王统照写了许多怀人之作,这首诗别有一番意味。诗中的"东风""柳丝""鹃声""燕子""梨花"等都是中国传统诗词中的常见意象,从中我们能感受到诗人淡淡的忧愁和清浅的思绪。诗人的情绪并不浓烈,但恰恰是这种点到即止的表达使得整首诗充满朦胧的美感。诗人所怀之人到底是谁已经不重要了。在这样一个春雨之夜,诗人淡淡的愁绪如一曲哀婉之歌,别样动人。由此诗我们可以联系王统照的短篇小说代表作《春雨之夜》,同样以诗化的语言、含蓄的笔法和细腻的写景,抒发了作者内心的孤独、忧愁。

初夏即景

才送春归去,风光入夏来。
花飞沾细雨,树杪①走轻雷。
案净映窗竹,帘阴上砌台。
终朝无个事,听彻②杜鹃哀。

〔题解〕

本诗选自《剑啸庐诗草》,大约写于诗人十六七岁时,即1913—1914年。《王统照全集》中此题为二首,《王统照文集》中此题为一首。经辨别,此处从一首。即景,就眼前的景物进行创作。

〔注释〕

① 杪:树枝的末梢。[唐]王维《送梓州李使君》:"山中一夜雨,树杪百重泉。"
② 听彻:听个够。

〔评点〕

这首诗的首联,尤其是一个"才"字,表达了诗人对时光不知不觉流逝的感慨。中间两联写到了诗人眼前的景物:花、细雨、树杪、轻雷、窗竹。雨之"细",雷之"轻",其中折射的正是诗人看到这些景物所引发的闲适之情。"沾"和"走"两个动词,既反映出雨的细、雷的轻,又写出了细小的雨点洒在花草上,轻微的雷声从树梢上飘过的情景,实在炼字精妙。眼前之景往往会触发心中之情,尾联由景入情,又融情入景,将诗人的哀愁注入杜鹃的啼叫中,诗人之前萦绕在心中淡淡的忧愁在此刻集中爆发。因此,这首诗表达了诗人在春夏之交,面对美好的景致,心中生出时光飞逝、日月如梦的感慨。

七律二首（其一）

莽荡①河山离乱文，王郎②词意好氤氲③。
风尘盱睨④无余子，书剑⑤萧条扫万军。
浊世浮沉肝胆热，美人哀怨蕙兰焚⑥。
佯狂⑦披发终何适⑧，坐对青天看暮云。

〔题解〕

本诗选自《剑啸庐诗草》，约作于诗人十六七岁时，即1913—1914年间。诗前有序云："假中，予有青济之行，来回一周，行路几二千里。既归家，卧两日，方能兴。午倦抛书，焚香独坐，触景感时，百端交集，爰成二律。"此诗写于诗人游历青岛、济南归家后。一日午后焚香独坐，念及行旅事，有感而书七律两首，这里选其中一首。

〔注释〕

① 莽荡：辽阔无际，激荡。
② 王郎：这里是诗人自称。
③ 氤氲：也作"烟煴"，指云气弥漫的样子。[唐]张九龄《湖口望庐山瀑布泉》："灵山多秀色，空水共氤氲。"
④ 盱睨：斜视。盱，斜看。《战国策·燕策一》："凭几据杖，

眄视指使,则厮役之人至。"睇,斜视,流盼。《楚辞·九歌·山鬼》中"既含睇兮又宜笑"。亦谓小视。

⑤书剑:书和剑,均为古代文人随身携带之物,因以指文人生涯。[唐]许浑《别刘秀才》:"三献无功玉有瑕,更携书剑客天涯。"

⑥美人哀怨蕙兰焚:蕙兰,一种草本植物。据《离骚》"香草美人"传统,王统照在这里以"香草美人"自喻,指诗人渴望报效祖国却无力改变黑暗的社会现实。

⑦佯狂:假装癫狂、发疯。

⑧何适:何去,到哪里去。

〔评点〕

诗人在济南读书时,正值辛亥革命失败之后与五四运动爆发之前,是一个狼烟四起、山河"莽荡"的岁月。诗人作为一介书生,虽有革命斗志和抱负,奈何现实太过黑暗,诗人前途渺茫,只能将满腔忧愁与悲愤含泪吞下。首联写诗人面对莽荡的河山,胸中思绪万千。中间二联则通过"书剑""美人""蕙兰""余子"等意象,描绘了诗人心怀家国却无力改变"浊世"的无奈与痛苦;尾联通过"狂人""坐对青天看暮云"的描述,抒发了诗人壮志难酬的孤独与惆怅。整首诗描写了诗人在前进的道路上执着追求而又彷徨迷茫的苦闷心情。这恰恰代表了五四运动之前一代知识分子的真实心理写照。同时,诗人用古典诗歌中的传统意象来表现现代知识分子的情绪,恰恰是"旧瓶装新酒"的体现。

七绝五首

一

碧云高处九霄①寒,久立花阶夜色阑②。
贪看双星渡河会③,个侬④忘却素衣单。

二

玉绳⑤低落夜云残,一水溶溶⑥见面难。
误尽人间痴儿女,伤心翻作⑦聪明看。

三

菱枝桂叶⑧奈何天,空为相思念惘然⑨。
欲停七襄⑩求忏悔,织成人世自由缘。

四

会少离多恨奈何,千金一刻逝流波。
鹊桥遮莫长留住,好共人间渡爱河。

五

星稀露冷夜寒侵,对此茫茫感不禁。
湿透青衫⑪浑不管,归来再向梦中寻。

〔题解〕

本诗选自《剑啸庐诗草》，大约写于诗人十六七岁时，即1913—1914年间。诗前有序云："阴历七夕天清露冷，星明云澹，起步花庭中心，悄悄叹我生之不辰，念宇宙其何极。一寸灵犀九回肠断，时不我与，银汉耿耿，而西流，心焉如捣。美人悁悁隔秋水，挥成五绝以写我思。"

〔注释〕

① 九霄：天的极高处。
② 阑：残，尽，晚。
③ 双星渡河会：牛郎星和织女星渡过天河而相会。
④ 个侬：犹渠侬，这个人或那个人。[清]纳兰性德《临江仙·永平道中》："缄书欲寄又还休，个侬憔悴，禁得更添愁。"
⑤ 玉绳：星名，常泛指群星。
⑥ 溶溶：指宽广的样子或河水流动的样子。[唐]温庭筠《莲浦谣》："鸣桡轧轧溪溶溶，废绿平烟吴苑东。"
⑦ 翻作：写作。[唐]李白《秋浦歌十七首》："清溪非陇水，翻作断肠流。"
⑧ 菱枝桂叶：菱、桂，皆植物名，这里借指痴情男女。
⑨ 惘然：惆怅、失意的样子。[唐]李商隐《锦瑟》："此情可待成追忆，只是当时已惘然。"
⑩ 七襄：指织女星白昼移位七次，亦指织女星。《诗经·小雅·大东》："跂彼织女，终日七襄，虽则七襄，不成报章。"
⑪ 青衫：青色的衣服、黑色的衣服，古代指书生。

〔评点〕

  这组诗写于七夕节的晚上,诗人对着夜空中的牛郎织女星,由此引发了心中的万般情思。第一首为我们呈现了一个身着单衣的诗人在七夕之夜独自一人伫立于花庭,遥望牛郎织女星的画面,营造出寂静而悲凉的意境。紧接着的三首诗,都以牛郎织女的爱情故事为基点,表达了诗人对这段爱情绝唱的万千感慨。第二首诉说了牛郎织女被迫分离的伤心苦痛。第三首表达了诗人对有情人无法终成眷属的遗憾和对自由爱情的憧憬。第四首则抒发了诗人对牛郎织女遭遇的真挚同情和祝愿。最后一首,诗人在寒夜中独对疏星,由牛郎织女的爱情联想到自己的爱情,不由心生惆怅,只能将情感寄托到梦中。联系诗人自身婚姻与爱情错位的遭遇,我们不难看出,这组诗借牛郎织女有情人不能终成眷属的故事,表达了王统照对封建婚姻的批判和对自由爱情的向往与追求。

七律二首（其一）

月华①如水浸楼台，小劫②尘寰③又一回。
清怨胡笳④天外月，消停⑤锦字⑥岭边梅。
飘零绿鬓⑦愁嗟⑧早，激楚⑨红箫愿未灰。
坐对团圆无限感，几回搔首更徘徊。

〔题解〕

本诗选自《剑啸庐诗草》，大约写于诗人十六七岁时，即1913—1914年间。诗前有序云："中秋节之夕，月色皎然，天空晴朗。然予怀渺渺，对此茫茫，怅感无端，郁结方寸，问天无语，抚剑神伤，乃成二律以写我忧。"

〔注释〕

① 月华：月光，月色。[唐]张若虚《春江花月夜》："此时相望不相闻，愿逐月华流照君。"
② 小劫：佛教语，指提婆达多受地狱苦报之期间，或指释尊一劫之寿限。
③ 尘寰：人世间。
④ 胡笳：古代北方民族的一种乐器，形似笛子。
⑤ 消停：停止，停歇，休息。

⑥ 锦字：典出《晋书·列女列传·窦滔妻苏氏》。前秦时期，窦滔为秦州刺史，后被流放到流沙。其妻苏蕙能文，因思念丈夫，乃织锦为回文诗《璇玑图》寄之，纵横反复，皆成文意。锦字，织锦上的回文诗，后世称其为妻寄夫之信。[唐]李白《秋浦寄内》："开鱼得锦字，归问我何如。"

⑦ 绿鬓：指乌黑而有光泽的鬓发，形容青春年少的容颜。[唐]崔颢《虞姬篇》："虞姬少小魏王家，绿鬓红唇桃李花。"

⑧ 嗤：讥笑。

⑨ 激楚：形容音调高亢凄清。

〔评点〕

"举头望明月，低头思故乡。"自古以来，怀乡是古典诗词中一个永恒的主题。此诗亦是一首情真意切的怀乡诗。首联写道月光铺满楼台，不知不觉又是一年中秋，流露出时光飞逝的伤感。颔联又将幽怨的胡笳声和天边的月亮交织在一起，兼具画面感和视听通感，营造出一种空灵冷清的气氛。纵然月色正浓，然而诗人在外求学，只能独自对月垂泪，惆怅徘徊，无法与亲人团圆。整首诗借助"月华""胡笳""锦字"等一系列富含内蕴的典型意象，抒发了诗人在中秋之夜的寂寞、惆怅和对亲友的思念之情。

清 夜

焚香成静坐,夜色荡寒空。
花映中天①月,窗虚②五夜③风。
荣枯叹弱草,惆怅听哀鸿④。
无限平生感,阿谁⑤一笑同。

〔题解〕

　　本诗选自《剑啸庐诗草》,大约写于诗人十六七岁时,即1913—1914年间。诗人于一个夜晚焚香静坐,心生感慨,遂写下这首诗。

〔注释〕

① 中天:天空,天顶。
② 窗虚:窗户虚掩着。
③ 五夜:即五更,也叫作五鼓。
④ 哀鸿:哀鸣的鸿雁,比喻哀伤痛苦、流离失所的人。
⑤ 阿谁:疑问代词,何人。古乐府《十五从军征》:"道逢乡里人:'家中有阿谁?'"

〔评点〕

　　诗题为"清夜",一个"清"字,就已透出静寂之感。焚香静坐,夜色苍茫,月亮与花相应,这一切都是对"清夜"的具体描绘,写出了夜的"静"。然而,诗人接下来又写到了"五夜风""哀鸿"这两样具有动感的景物,使"静"变得更加具体突出。诗人通过描写寒空夜月下的风声和哀鸿来反衬夜之静,从而突出了月下风中"弱草"的孤寂与可怜。尾联则由景入情,在这样一个寂静的清夜,诗人犹如风中的弱草,同样感到无力、惆怅与烦闷。整首诗风格冲淡,表现出静中有动、动中有静的幽远意境。

危坐（其一）

危坐青灯思悄然①，月明如水碧云天。
中宵②无地着孤愤，隔院谁家弄管弦③。

〔题解〕

本诗选自《剑啸庐诗草》，大约写于诗人十六七岁时，即1913—1914年间。危坐，指端坐，亦指坐时恭谨端直。《管子·弟子职》："危坐乡师，颜色无怍。"

〔注释〕

① 悄然：形容寂静的样子。
② 中宵：中夜，半夜。[清]龚自珍："经济文章磨白昼，幽光狂慧复中宵。"
③ 管弦：管乐器与弦乐器，泛指乐器、弦乐。

〔评点〕

诗人自少年时代起，便关注时局，为祖国前途而忧心。正因为对国家爱之深，看到黑暗的社会现实便更加痛之切。加之王统照自小性格敏感，经常因为各种现实问题而愁绪万千，因此这首诗就写了诗人于深夜危坐,孤对青灯,想到国家危难,自己前途渺茫,内心的孤愤无处发泄。最后一句"隔院谁家弄管弦",寂静烦闷的夜晚飘来的一曲清音,似乎舒缓了诗人的愤懑之情。本诗真实反映了知识分子在黑夜中的茫然苦闷之情。

二月二十夜对月(其二)

逸兴①消此夜,高情叹独醒②。
飘萧③负绿鬓,慷慨哭青萍④。
斜月透疏树,幽斋⑤冷画屏。
苍茫尘世⑥感,此夜年沧溟⑦。

〔题解〕

本诗选自《剑啸庐诗草》,大约创作于诗人十六七岁时,即1913—1914年间,是诗人对月有感而作。

〔注释〕

① 逸兴:超逸豪放的意思。〔唐〕王勃《滕王阁序》:"遥吟俯畅,逸兴遄飞。"
② 独醒:独自清醒,喻不同流俗。《楚辞·渔父》:"屈原曰:'举世皆浊我独清,众人皆醉我独醒,是以见放!'"
③ 飘萧:鬓发稀疏、零落。
④ 青萍:植物,即"浮萍"。
⑤ 幽斋:幽静的住室。〔宋〕晁说之《幽斋》:"幽斋无客自焚香,古像谁知静放光。"

⑥尘世：人世间。［唐］元稹《度门寺》："心源虽了了，尘世苦憧憧。"

⑦沧溟：海水弥漫的样子，常指大海。［唐］贾岛《送蔡京》："登封多泰岳，巡狩遍沧溟。"

〔评点〕

　　这是一首言志抒情之作，首联写诗人在深夜心中仍然涌动着豪放的意兴，体现了诗人的志气和抱负，"高情叹独醒"则表现了诗人清高、洁身自好的性格特点。颔联以"飘萧"和"青萍"来比喻自己生不逢时，内心孤苦无依如同浮萍一般。这恰恰说明了"五四"前夕知识分子的迷茫和苦闷。颈联通过"斜月""疏树""幽斋""冷画屏"几个景物，既刻画了诗人所处的环境幽冷、凄清，又通过这种环境衬托诗人心中的压抑和悲凉。尾联则抒发了诗人身处乱世的孤独无助之感。结合此时军阀混战民不聊生的历史背景，可更深地体会此种孤独，即黑暗世道中无所依凭的流离与漂泊。

二月二十一日晚即事

平生①无地溉②灵根③,琼瑟④音沈⑤香未温。
谁家清歌怨玉笛,满庭冷月破黄昏。
鹏博雏吓⑥成何事,凤泊鸾飘不须论。
如此江山如此夜,教人争得⑦不销魂。

〔题解〕

本诗选自《剑啸庐诗草》,大约创作于王统照十六七岁时,即1913—1914年间。诗人于夜晚愁绪万千,遂写下了这首诗。

〔注释〕

① 平生:《王统照全集》中为"平尘",此处从《王统照文集》。平生,平素。
② 溉:浇灌。
③ 灵根:这里指慧根,天生的才能。
④ 琼瑟:琼,美玉,比喻美好的事物。琼瑟,精美的瑟。
⑤ 沈:通"沉"。
⑥ 鹏博雏吓:鹏博,振翅高飞的大鸟;雏吓,受到惊吓的小鸟。典出《庄子·秋水篇》:"惠子相梁,庄子往见之,或谓惠子曰:'庄子来,欲代子相。'于是惠子恐,

搜于国中,三日三夜。庄子往见之,曰:'南方有鸟,其名为鹓雏,子知之乎?夫鹓雏发于南海,而飞于北海,非梧桐不止,非练实不食,非醴泉不饮。于是鸱得腐鼠,鹓雏过之,仰而视之曰:"吓!"今子欲以梁国而吓我耶?'"这里指王统照一方面怀有豪情壮志,另一方面又遭受世人的猜忌和误解。

⑦ 争得:怎得,怎么能。

〔评点〕

  这首诗的首联和颔联,用琼瑟音沉、玉笛清歌、冷月黄昏等一系列冷色调的意象,营造出凄清悲凉的氛围。诗人通过这些具体的意象来寄托愁绪,使情感形象化。颈联用"鹏博雏吓""凤泊鸾飘"等典故反映诗人空怀一腔热血与理想,漂泊无定,但无法被世人理解与接受的苦闷。尾联则直抒胸臆,面对"如此江山如此夜",诗人内心抑制不住地哀号。王统照善于将无形的愁绪化为有形的意象,如此既避免了无病呻吟,也更容易引发共鸣。整首诗体现了一位抑郁不得志的青年学子在深夜发出的悲泣,真挚感人。

道 中

一鞭新雨后,春至物华①赊②。

堤柳舒③新叶,村厖④吠野家。

市⑤喧人影散,风劲雁行斜。

大道行行⑥感,孤城起暮笳⑦。

〔题解〕

本诗选自《剑啸庐诗草》,约作于诗人十六七岁时,即1913—1914年间。王统照在山东省立第一中学读书时,于初春雨后到市郊游玩,作此诗记录沿途的见闻感受。

〔注释〕

① 物华:美好的景物,珍美的宝物。[宋]柳永《八声甘州》:"是处红衰翠减,苒苒物华休。"

② 赊:多,繁多。

③ 舒:伸展,舒展,舒畅。

④ 厖:古通"龙",指多毛的狗。

⑤ 市:集市,闹市。

⑥ 行行:不停地前行。《古诗十九首》:"行行重行行,与君生别离。"

⑦ 笳:中国古代北方民族的一种乐器,通常称"胡笳"。

〔**评点**〕

　　这首诗描写了诗人去郊外游玩的所见所感,首联描绘了一场新雨后,寒冬过去、春天到来、万物复苏的美好,字里行间透露出诗人愉悦的心情。颔联写到了柳树的新叶、乡村狗的叫声,既充满生机,又不乏生活气息。这两联体现了诗人如春天般积极向上的朝气。然而颈联和尾联笔锋一转,人影散尽,风劲雁斜,诗人在路上不停走着,孤城里的暮笳声传来,诗的氛围由前面的轻快转变为凄凉,流露出孤独惆怅之感。明媚的春景或许可以带来一时的欣喜,然而诗人骨子里的忧郁和回去后不得不面对的现实让王统照依然摆脱不了这种苍凉。整首诗语言质朴,情感真挚,颇有元白遗风。

与校中同人郊外看花小酌（其一）

坐对名花倾绿醅①，四围清野绝纤埃②。
落红点水波心乱，远翠扑人眉宇③来。
料峭④春寒侵短发，苍茫夕照入残杯。
缓歌陌上归来晚，又听笳声起暮哀。

〔题解〕

　　本诗选自作者早年诗稿《剑啸庐诗存》，其中多数未曾发表，具体创作时间不详。集前"弁言"云："此册起民国四年秋至六年春，后由各小册子中采出，中多无慑而贫稚语，但作于当日，虽曰无可观览，然装册纪存聊留泥爪而已。至年年情意已述于次册，予不再赘刊。梦云1923年6月23夕于济南。"可知此诗集中作品大约作于1915年至1917年间，彼时王统照在济南就读于山东省立第一中学。本诗是王统照某天与同学去郊外游玩时所作之诗。

〔注释〕

　　① 绿醅：醅，未滤过的酒。绿醅，碧绿色的酒，泛指酒。[唐]白居易《早饮醉中除河南尹敕到》："绿醅新酎尝初醉，黄纸除书到不知。"

② 纤埃：微尘。
③ 眉宇：眉额之间，这首诗里指眼、视野。
④ 料峭：形容微寒。[宋]苏轼《定风波》："料峭春风吹酒醒，微冷。"

〔评点〕

　　王统照的中学时期都是在济南度过的。这一时期虽有大好风光相伴，但因为时代和家庭的原因，王统照时常抑郁烦闷，因而课余时常和校友到郊外游玩。首联和颔联写郊外的美景：清野围绕，名花相伴，山清水秀，诗人与友人们拥抱自然，饮酒作诗，纵谈古今，书生意气挥斥方遒，此时的诗人暂时忘却心中的忧郁和烦恼。然而，后面二联笔锋一转，短暂的欢乐过后，夕阳西下，春寒袭来，王统照与友人们缓缓归矣，听到哀笳，心中不免忧郁。这首诗反映了少年诗人在特定时代下的苦闷与忧伤。整首诗语言清新自然，层次分明，情景交融。

青岛寓楼感句(其一)

偶尔蛰居①动百忧,风烟何处是齐州②。
乡心历乱送残照,诗思苍凉起暮愁。
万木迎人知夜雨,微飔③拂袂④似新秋。
不殊⑤风景山河异⑥,抚剑哀吟独倚楼。

〔题解〕

　　本诗选自《剑啸庐诗存》,大约写于1915年至1917年。这首诗写于青岛观海二路旧居,每逢假期,王统照一般都是在这里度过。

〔注释〕

①蛰居:闲居,隐居。
②齐州:古代中国曾划为九州,这里指诗人故乡山东。
③微飔:飔,凉风。微飔,微微的冷风。
④袂:衣袖,袖口。
⑤不殊:没有区别,不变。
⑥山河异:此时青岛尚在日本帝国主义占领下。

〔评点〕

  青岛在王统照的生命中有着十分独特的地位。他在这里生活了很长的岁月,其旧体诗中的很大一部分都是在青岛旧居完成的。这首诗写作时,青岛正处于日本帝国主义的占领下,整个中国也处于军阀混战的状态,山河破碎,狼烟四起,让蛰居在青岛的王统照十分忧虑。面对如此现实,诗人只能独自哀吟,心中百般苍凉。作为弱小的知识分子,诗人除了借诗抒发内心之忧别无他法。首联写诗人蛰居青岛时,触目所及眼前景色,想到祖国河山到处狼烟,不禁忧从心中来。颔联则抒发了诗人历尽漂泊心系故乡的哀愁。颈联通过"夜雨""微飔"这两个冷色调的意象,进一步刻画了诗人凄凉的心境。尾联写诗人独自抚剑哀吟,塑造出一个心怀天下的爱国诗人形象。整首诗没有大起大落的情绪宣泄,而是将内心的愁绪娓娓道来,情感真挚而绵延不绝。

寓楼望海

对此茫茫百感通,竭来①风物②未前同。
回翔飞鸟没天末,明灭孤帆落照③中。
沧海④幻成小世界,浪花淘尽几英雄⑤。
冷然遥望家园处,我亦欲乘列子⑥风。

〔题解〕

本诗选自《剑啸庐诗存》,大约写于1915年至1917年。是诗人于青岛旧居观海二路四十九号遥望大海时有感而作。

〔注释〕

① 竭来:犹言去来。[唐]柳宗元《韦道安》:"竭来事儒术,十载所能逞。"
② 风物:风光,景物。[晋]陶潜《游斜川·序》:"天气澄和,风物闲美。"
③ 落照:落日的余晖。
④ 沧海:指大海。因大海一望无际,水深呈青苍色,故称"沧海"。
⑤ 浪花淘尽几英雄:语出[明]杨慎《临江仙》:"滚滚长江东逝水,浪花淘尽英雄。"

⑥ 列子：即列御寇，相传战国时道家学派先驱。庄子在《逍遥游》中曾言："夫列子御风而行，泠然善也，旬有五日而后反。"这里诗人用"列子御风"表明归乡思家之心切。另一方面，诗人以列子作比，也流露出其消极避世的思想。

〔评点〕

此诗是诗人身处青岛旧居时面对苍茫大海，感怀而作。天边的飞鸟，若隐若现的孤帆，落日的余晖，这些景物组合在一起，构成了一幅壮阔的海上风景图。然而这并没有让诗人感到畅快，面对广阔的大海，诗人意识到自身的渺小，不禁发问：自古以来，天地间有几位英雄能经得住历史波涛的冲击呢？大浪淘尽英雄，伟大人物在历史的车轮面前，均匆匆而去，此诗正表达了这种历史、时间对人的吞噬感以及由此造成的无力感。独自伫立在海边，望着故乡，诗人不仅流露了欲追随列子的消极避世之思，同时也隐含着大海般的豁达。

青岛竹枝词

街尘飞来脂痕香①,摩托卡②中送晚凉。
旁人艳说③谁家子,一瞥惊鸿④海外桩⑤。

电灯灿烂六街⑥明,街上游人几处行。
最是笙歌⑦声响外,惊人心目木驮⑧声。

白纱衫子羽花冠,闲眺海滨笑语欢。
最爱看他小儿女,沙滩浴罢攀阑干⑨。

光白圆肤自天成,灵蛇髻挽鬓云松。
晚来试过芝菜里⑩,笑语声中不得行。

洸洸⑪男儿可怜虫,惜从蓝缕⑫觅分功。
庄严试问谁抟造⑬,尽是编氓⑭汗血功。

〔**题解**〕

本诗选自《剑啸庐诗存》,大约写于 1915 年至 1917

年。竹枝词,本是古代巴蜀一带的民歌,唐代诗人刘禹锡仿效民歌曲谱创作新词,歌咏当地山水风俗和男女恋情,盛行于世。王统照的这首《青岛竹枝词》同样描写了青岛海滨风光。只是1914年一战爆发后,日军对德宣战,趁机占领青岛,彼时的青岛已成为日军占领区,其他帝国主义列强亦在此地增兵。暑假至青岛的王统照,面对此情形,写下这组颇具讽刺色彩的诗。

〔注释〕

① 脂痕香:胭脂的香味。

② 摩托卡:摩托车。

③ 艳说:艳,艳羡。艳说,十分夸耀地说,艳羡地说。

④ 一瞥惊鸿:惊鸿一瞥。惊鸿,形容女性轻盈如雁之身姿。惊鸿一瞥的意思是人只是匆匆看了一眼,却给人留下极深的印象。

⑤ 粧:同"妆"。

⑥ 六街:唐代长安城中的六条中心大街,这里指大街。

⑦ 笙歌:泛指奏乐唱歌。

⑧ 木屐:即其时占领青岛的日本人所穿木屐。

⑨ 阑干:栏杆。

⑩ 芝罘里:地名。

⑪ 洸洸:水波动荡闪光,或者勇敢威武的样子。《诗经·大雅·江汉》:"江汉汤汤,武夫洸洸。"

⑫ 蓝缕:蓝,通"褴"。蓝缕,破旧的衣服。"筚路蓝缕",引申为知识浅陋。《唐书判》:"凡试判登科谓之入等,

甚拙者谓之蓝缕。"这里指清贫自守的读书人。

⑬ 抟造：创造。

⑭ 编氓：亦作"编民"，编入户籍的平民，指普通黎民。

〔评点〕

　　这几首诗描写了在日本帝国主义统治期间，青岛的几个日常生活镜头。作为山东最早开放的通商口岸，青岛的殖民文化色彩相当浓厚。第一首诗里描绘了青岛大街上，"脂痕香""摩托卡"以及"海外粧"的流行，充满了摩登气息。第二首诗中写到了在繁华的娱乐场所，总能看到着和服木屐的日本人。第三、四首则再现了中西游客在海边玩乐的场景，大海、沙滩等青岛的特色景观一览无遗。在诗人描绘的青岛风光中，也带有异域色彩。然而看到这些情景，诗人想到青岛仍处于日本的压迫中，不免沉思痛苦。最后一首直抒胸臆，将衣衫褴褛的劳苦大众与青岛地界上纵情声色的日本人进行对比，以人民之苦，衬托侵略者之残暴。整组诗的语言充满了现代气息，所绘之景看似描绘了青岛的美好风光，实则与其已经沦亡的现实形成鲜明对比，表达了诗人对帝国主义列强的讽刺和批判。

回忆词·忆行

晨妆初就绿窗东,欲向春泥拾落红①。

划袜②闲行玉墀③下,珮环④声出百花丛。

〔题解〕

本诗选自《剑啸庐诗存》,大约写于1915年至1917年。诗前有序:"李元膺十忆词,樊樊山广之,拗香成句、镂玉为词,密意浓情刻画殆尽,如余蛮吟,奚敢貂续而颂哦之,馀颇触所好,信成四绝,非敢比侔于大雅也。"李元膺,宋朝东平人。著有《十忆诗》,历述佳人的行、坐、饮、歌、书、博、颦、笑、眠、妆之美态。《其一》云:"瘦损腰肢出洞房,花枝拂地领巾长。裙边遮定双鸳小,只有金莲步步香。"樊樊山,樊增祥,晚清文学家,号樊山、云门,晚号天琴老人。1906年,樊增祥将近几年所写之"十忆诗"200首结为一集,名《十忆集》。本组诗为王统照模仿而作,共四首,分别为《忆行》《忆坐》《忆饮》《忆博》,这里选其中的第一首。

〔注释〕

① 落红:落花。〔清〕龚自珍《己亥杂诗》:"落红不是无情物,化作春泥更护花。"

② 刬袜：刬，铲除，灭除。刬袜，指不穿鞋子，踩着袜子走路。[南唐]李煜《菩萨蛮·花明月暗笼轻雾》："刬袜步香阶，手提金缕鞋。"

③ 玉墀：亦作"玉阶"，玉石砌成或装饰的台阶，亦为台阶的美称。

④ 珮环：亦作"佩环"，玉佩，或指玉制的环形佩饰物。

〔评点〕

　　本诗通过描写佳人行走时的神态动作，勾勒出一个温婉清丽的美人形象。第一、二句，写晨妆初就，佳人倚窗东望，欲拾落红。虽未直接描写步态，但寥寥数笔就从侧面勾勒出佳人的风姿绰约。第三句中，佳人踩袜闲行，由玉阶而下，轻盈无声，恰似慢镜头，充满一种静谧美好之感。最后一句未见人影，却以百花丛中传出的环佩声烘托出佳人行走时的摇曳生姿，与上句构成一静一动。与李元膺的诗相比，二者的共同之处在于都描绘了女子行走时的美丽身姿，但是李元膺具体描写了女子的腰和脚，以"瘦腰""金莲"表现女子的身段之优美和步伐之轻盈，突出了女子新婚后的娇媚；而王诗则主要通过女子一系列的神态动作和花丛中的环佩声描绘了女子的活泼可爱。全诗语言清丽婉转，以镜头切换的方式，突出了美人行走的各种风情。

同翔兄宣侄夜游明湖

境静无人语,孤舟独泛行。
藕花浥①夜露,菰蒲②战秋声。
百感纷遥集,疏星犹灿明。
中宵③谁起舞,膺篥④动危城⑤。

〔题解〕

本诗选自《剑啸庐诗存》,大约写于1915年至1917年。翔兄,指王翔千(1888—1956),原名王鸣球,字翔千,曾用名王劬髯,山东诸城人,王统照的同乡,1922年曾任《晨钟报》主笔,是王统照青少年时代最尊敬的人之一。宣侄,名仲宣,当时与王统照同在济南读书。此诗写于诗人在济南求学时期,某夜与王翔千和宣侄同游大明湖,遂作此诗抒怀。

〔注释〕

① 浥:湿润。〔唐〕王维《渭城曲》:"渭城朝雨浥轻尘,客舍青青柳色新。"
② 菰蒲:菰和蒲,都是浅水植物。〔南北朝〕谢灵运《从斤竹涧越岭溪行》:"苹萍泛沉深,菰蒲冒清浅。"

③ 中宵：夜半。
④ 觱篥：古代的一种管乐器，形似喇叭，以竹为管，用芦苇做嘴，汉代从西域传入。
⑤ 危城：高峻的城墙，或将被攻破之城。《荀子·议兵》："大寇则至，使之持危城则必畔；遇敌处战则必北，劳苦烦辱则必奔，霍焉离耳，下反制其上。"这里指济南市。

〔评点〕

　　这虽是一首描写明湖夜景的诗，但是处处蕴含着作者的所思所想。首联点明了夜游明湖的环境，万籁俱静，唯诗人与朋友泛孤舟而行，显得静谧冷清。颔联和颈联描绘了夜游明湖的所见之景，藕花、夜露、菰蒲、疏星，这一系列的意象装点在明湖，既道出了明湖夜景的特点，又营造出一种空灵的意境。尾联则由视觉转向听觉，用觱篥之声给原本静寂的夜晚增添一丝喧哗，反衬了"境静无人语"。"危城"二字则点出夜半乐声中城市处于被帝国主义侵略的险境。整首诗虽写明湖风光之美，却在字里行间透出寂寞凄清之感，舒缓的语调中隐藏着国破家亡的忧虑，这恰恰是王统照求学时期内心的真实写照。

中秋客感（其一）

秋心如海复如尘，佳节他乡倍怆神①。
幽怨谁家吹玉管②，清辉③犹得照离樽④。
中原极荡⑤刘琨舞⑥，湖海飘零王粲⑦身。
千里白云无限感，倚楼惆怅未归人。

〔题解〕

本诗选自《剑啸庐诗存》，大约写于1915年至1917年。诗前有序云："时在旧军。"此时诗人客居他乡，恰逢中秋，遂有感而作。

〔注释〕

① 怆神：伤心。〔宋〕陆游《夜登千峰榭》："危楼插斗山衔月，徙倚长歌一怆神。"
② 此句化用唐代诗人李白《春夜洛城闻笛》中"谁家玉笛暗飞声"句。玉管：亦作"玉琯"，泛指管乐器。〔宋〕辛弃疾《菩萨蛮·和夏中玉》："临风横玉管，声散江天满。"
③ 清辉：清光，多指日月的光辉。〔唐〕杜甫《月圆》："故园松桂发，万里共清辉。"
④ 离樽，指饯别时的酒杯。

⑤ 极荡：极，极其，非常。极荡，非常动荡。这里指当时动荡的社会局势。
⑥ 刘琨舞：又称"闻鸡起舞"，比喻志士奋发之情。
⑦ 王粲：东汉末年文学家，"建安七子"之一。少有才名，为蔡邕所赏识。曾因关中骚乱，前往荆州依刘表，客居荆州十余年，抑郁不得志。代表作《登楼赋》。

〔评点〕

　　唐人王维有诗云："独在异乡为异客，每逢佳节倍思亲。"自古以来，中秋是团圆之日，然而此时的诗人却客居他乡，首句"秋心如海复如尘"道出了诗人内心翻腾抑郁的情绪，"倍怆神"直接抒发了诗人不能与家人团聚的伤心。颔联以"玉管""清辉"给诗人的离愁别绪更添幽怨，从听觉和视觉两个方面营造出悲凉的氛围。颈联运用历史典故，将个人情绪升华，通过刘琨和王粲的人生遭际，不仅抒发了个人的漂泊之感，也反映出对乱世的感慨，字里行间又不乏自勉之情。尾联一声叹息，表达了诗人的惆怅之情和对归期的盼望。整首诗语言质朴，情感真挚，透露出诗人的无尽哀愁。

风雨连朝登校楼即景

风雨连朝①积,钧天②睡不醒。
渺冥③云树暗,摇落物华④更⑤。
池水漪⑥添绿,远山黛⑦失青。
登楼增怅感,短鬓渐星星⑧。

〔题解〕

本诗选自《剑啸庐诗存》,大约写于 1915 年至 1917 年。此时诗人在山东省立第一中学读书,连日来的风雨使人烦闷,诗人登上校舍,就眼前之景作诗一首。校楼,即学校楼宇。

〔注释〕

① 连朝:连日。
② 钧天:天的中央,古代神话传说中天帝住的地方;引申为帝王。[宋]苏轼《潮州韩文公庙碑》:"钧天无人帝悲伤,讴吟下招遣巫阳。"这里指天公。
③ 渺冥:朦胧渺远。[清]陈三立《由江入彭蠡次黄鲁直宫亭湖韵》:"四迷洲渚浸渺冥,群鸥丛雁纷相迎。"
④ 物华:美好的景物。[唐]杜甫《曲将陪郑八丈南史饮》:"自知白发非春事,且尽芳尊恋物华。"

⑤ 更：变化。

⑥ 漪：涟漪，水波纹。

⑦ 黛：青黑色的颜料，古代女子用来画眉。

⑧ 星星：形容鬓发花白。[晋]左思《白发赋》："星星白发，生于鬓垂。"

〔评点〕

近人王国维曾言"一切景语皆情语"，这首诗则很好地体现了这一点。首联"钧天睡不醒"一句用拟人化手法写出了风雨连日的环境。颔联和颈联描绘了雨中之景：云雾中的树木，荡漾的水波，灰暗的远山等，这一切都笼罩在风雨之下，与尾联"登楼增怅感，短鬓渐星星"所表达的惆怅之情自然融合，毫无雕琢之迹。"景语"和"情语"已然水乳交融。整首诗色调偏昏暗，既符合风雨连日的自然环境，也贴合王统照内心的烦闷之感。

秋 夜

冷雨寒窗听鸣蛩①,寂寥街柝②已三更③。
清宵偏助离思苦,愁绝飘零太瘦生④。

〔题解〕

　　本诗选自《剑啸庐诗存》,大约写于1915年至1917年。中学时代的王统照经常于夜晚独坐惆怅,秋夜是他旧体诗中经常出现的内容。

〔注释〕

① 蛩:蟋蟀。[唐]钱起《晚次宿预馆》:"回云随去雁,寒露滴鸣蛩。"
② 街柝:柝,古代打更用的梆子。街柝,街上打更的梆子声。
③ 三更:古代将一夜分为五更,三更指半夜十一时至翌晨一时。
④ 太瘦生:太瘦,很瘦。生,语助词。[宋]欧阳修《六一诗话》:"太瘦生,唐人语也,至今犹以'生'为语助,如'作么生''何似生'之类是也。"[唐]李白《戏杜甫》:"借问别来太瘦生,总为从前作诗苦。"

〔**评点**〕

　　山东济南求学的这段时光,在王统照的人生中有着十分重要的作用。诗人自小就敏感多愁,少年时代离家求学,漂泊他乡,更是对王统照忧郁性格的形成起了催化作用。他这一时期写的旧体诗,很多都表达了思念亲友、感慨身世、孤独寂寞之感。这首诗也不例外,秋天的夜晚,诗人无法入睡,面对寒窗,听着蟋蟀的哀鸣和街上的柝声,思念、孤独、苦闷、惆怅等种种情绪涌上心头,不免让人叹息,整首诗都弥漫着一股哀婉的气息。

夜 读

夜凉如水月无痕,独对孤檠①万感侵。
读罢《四愁》②平子③句,虫声绕壁助清吟。

黄花④瘦影傲崚嶒⑤,寂淡生涯冷似僧。
愁绝旅人惆怅处,一编⑥懒对读书灯。

一夕梧叶⑦冷银塘⑧,征雁度⑨云月似霜。
河汉⑩西流星去夜,商飙⑪吹动鬓丝凉。

炉香袅袅⑫冷书幨⑬,凉月如钩上竹帘。
夜乌苦啼霜意重,羁人⑭幽怨味曾谙⑮。

〔题解〕

本诗选自《剑啸庐诗存》,大约写于 1915 年至 1917 年。诗人在济南求学时勤奋读书,常于晚上在灯下苦读,这组诗描写的就是诗人夜读的情景。

〔注释〕

① 孤檠：孤灯。[清]纳兰性德《忆江南·宿双林禅院有感》："风雨消磨生死别，似曾相识只孤檠。"

②《四愁》：即《四愁诗》，东汉张衡作，共分四章，以东、南、西、北四个方位的地名来抒发诗人欲寻美人而不得的忧伤之情。

③ 平子：张衡的字，东汉著名的文学家、天文学家，浑天说的代表人物之一。

④ 黄花：菊花。[宋]李清照《醉花阴》："莫道不销魂，帘卷西风，人比黄花瘦。"

⑤ 崚嶒：高耸突兀。

⑥ 一编：编，古时用以穿连竹简的皮条或绳子。后因以称一部书或书的一部分。一编，即一部书。

⑦ 梧叶：梧桐树的叶子。

⑧ 银塘：清澈明净的池塘。

⑨ 度：度过，越过。

⑩ 河汉：银河。

⑪ 商飙：亦作"商猋"，秋风。旧以商为五音中的金音，声凄厉，与肃杀的秋气相应，故称秋为"商秋"，称秋风为"商飙"。[唐]韦应物《拟古诗十二首》："商飙一夕至，独宿怀重衾。"

⑫ 袅袅：形容烟气缭绕升腾。

⑬ 幨：亦作"襜"，帷幔。

⑭ 羁人：旅人、旅客。

⑮ 谙：熟悉。

〔评点〕

　　这组诗的写作背景与《秋夜》相似,因而营造的氛围与表达的情感也有异曲同工之妙,都借悲秋表达了对远方亲友的思念和内心的孤独寂寞之感。但是与《秋夜》相比,这组诗对情感的表达更为细腻。第一首写诗人在孤灯下读《四愁诗》,内心凄凉不已,"凉""孤"都是诗人内在情绪投射到景物上的表现。第二首,诗人深夜苦读,不免寂寞伤感,想到自己漂泊的身世,从而失去了读书的兴致。第三首和第四首,诗人以一系列意象——梧叶、银塘、征雁、河汉、商飙、凉月、鸟啼、冷霜等,抒发自己内心的孤寂与忧愤,景与情互相映衬,细腻而含蓄。整组诗中"凉""孤""寂""冷"等一系列感觉化的字眼,更突出了诗人的情感。整组诗贯穿着诗人夜读时的寂寞与忧愁,语言虽不华丽却耐人寻味,宛如一首悠扬哀伤的夜曲。

秋闺怨（其一）

秋夜凉如水，幽闺①独自寒。
砧声②催漏永，花影上衣单。
边塞飞霜早，清宵③入梦难。
生知离别苦，寐寞④泪阑干⑤。

〔题解〕

本诗选自《剑啸庐诗存》，大约写于 1915 年至 1917 年。这是王统照所作的一首闺怨诗。古代的闺怨诗多以民间弃妇、思妇和少女等为对象，抒写闺中女子的思念或忧伤之情。

〔注释〕

① 幽闺：深闺，多指女子的卧室。
② 砧声：亦作"碪声"，指捣衣声。[唐]李颀《送魏万之京》："关城树色催寒近，御苑砧声向晚多。"
③ 清宵：清静的夜晚。[南朝]萧统《钟山讲解》："清宵出望园，诘晨届钟岭。"
④ 寐寞：寂寞的夜晚。
⑤ 阑干：纵横散乱的样子。[唐]白居易《琵琶行》："夜深忽梦少年事，梦啼妆泪红阑干。"

〔评点〕

　　王统照的这首闺怨诗，借闺中怨妇以抒发自己的相思离愁，情深意切。首、颔二联，以典型意象描写了凄凉的秋景，凉夜袭人，砧声敲心，只有花影与人相伴，孤独寂寞之情显露无遗。颈联则从闺妇的角度，想象边塞苦寒、征人在外漂泊的情景，心中担忧难以入睡。最后一联直抒胸臆，哭诉相思离别之苦。虽然王统照的旧体诗中抒发秋思之作甚多，然而此诗借闺怨诗表意，颇具新意，情思缠绵尽显离愁之恨。

旧历元旦赋怀

抛残心力作忱吟,过眼风华①触感深。
景入新春梅柳媚,身多清病雪霜侵。
执毫②强自书祥縠③,对酒何堪论古今。
坐守红炉听水沸,悄寒天气正愔愔④。

〔题解〕

本诗选自《剑啸庐诗存》,大约写于1915年至1917年,是诗人在新年第一天感怀而作。

〔注释〕

① 风华:风采、才华。
② 毫:笔。
③ 祥縠:祥,吉祥。縠,古称质地轻薄纤细透亮、表面起皱的平纹丝织物为縠。祥縠,此处指春节时在纸上写的表示吉祥的对联。
④ 愔愔:寂静幽深,默默无言。

〔评点〕

本诗写于旧历新年,本应是阖家团圆的欢乐日子,但首联中的"残""忧"二字却透露出诗人惆怅伤感的情绪,与热闹的节日形成反差。颔联和颈联描述了诗人面对赏梅柳、书祥毂以及亲友对酒谈笑的场面,但由于自己体弱多病,只能强颜欢笑,掩饰心中的愁苦。尾联写诗人在寒冷的天气里一个人坐守红炉,想到黑暗的社会现实和自己的遭遇,心中不免烦乱苦闷。"水沸"恰恰是诗人此时内心的真实写照,纠结不安,翻腾不已。整首诗虽然语调平淡,但是平淡中又隐含了诗人情绪的跌宕起伏。

倦夜用东坡原韵（其二）

万感摧寒夜，疏星①映月明。
拥书欹②枕卧，倚梦作天行。
鬓重知霜冷，怀孤侣水清。
惨凄游子③意，惆怅欲何成。

〔题解〕

　　本诗选自《剑啸庐诗存》，大约写于 1915 年至 1917 年。倦夜，疲倦的夜晚。"用东坡原韵"，指用苏东坡《倦夜》一诗韵。"倦枕厌长夜，小窗终未明。孤村一犬吠，残月几人行。衰鬓久已白，旅怀空自清。荒园有络纬，虚织竟何成。"

〔注释〕

① 疏星：疏星，稀疏的星星。
② 欹：古同"攲"，倾斜。[唐]杜甫《奉先刘少府新画山水障歌》："沧浪水深青溟阔，欹岸侧岛秋毫末。"
③ 游子：离家远游的人。

〔评点〕

　　王统照自小熟读诗书，学习传统文化，对苏东坡、李白、杜甫等大家的诗词都信手拈来,这首诗便是他借用苏东坡《倦夜》一诗的原韵而作。在疲倦的夜晚,疏星和明月是最惹人伤感的景物,诗人用他惯常的情景交融的写法,将自己寂寞凄凉的游子之情寄托在疏星明月之中。颔联写诗人"拥书欹卧",似"倚梦天行",使得首联的写景变得似真似幻,这种虚实相生的手法为整首诗的意境增添了一种朦胧美。在现实和梦境的交织中,诗人也变得迷茫了。尾联则一语道出了诗人深夜的悲凉惆怅,读来颇有杜甫沉郁之风。

题自著除夜小说后

欲将人世魑魅①影,写入毫端②愧应难。
风雪凄迷③岁已暮,河山璀璨④梦中残。
哀时湘累⑤愁独醒,托志虞初⑥效古欢⑦。
掷笔寒宵收涕泪,惊看月堕夜将阑。

〔题解〕

本诗选自《剑啸庐诗存》,大约写于1917年。《除夜》是王统照最早创作的文言短篇小说之一,大约写于1917年,原稿已失,本诗写于小说后,故判断此诗约写于1917年。

〔注释〕

① 魑魅:古谓能害人的山林之神怪,亦泛指鬼怪,常喻指坏人或邪恶势力。
② 毫端:笔底、笔下,此处指文学作品。
③ 凄迷:景物凄凉而模糊,比喻精神怅惘。
④ 璀璨:光彩夺目。
⑤ 湘累:《汉书·扬雄传上》:"淑周楚之丰烈兮,超既离㟪皇波,因江潭而淮记兮,钦吊楚之湘累。"颜师古注引李奇曰:"诸不以罪死曰累……屈原赴湘死,故曰

湘累。"指屈原。

⑥ 虞初：西汉小说家，汉武帝时任侍郎，号"黄车使者"，河南人。曾据《周书》写成通俗的周史，名《周说》，今佚。《汉书·艺文志》将其列入小说家，后世常以其名作为笔记小说的代称。

⑦ 古欢：往日的欢爱或情谊。《古诗十九首》："良人惟古欢，枉驾惠前绥。"旧亦指追慕古人的心情或爱玩古物的癖好。

〔评点〕

　　王统照出身于书香门第，从小就接受了中国传统文化的熏陶，1913年考入山东省立第一中学后，课余嗜读林纾等译的外国小说。中学暑假，他写了一部约二十回的旧体小说《剑花痕》，未发表，原稿已失，但内容大抵是革命青年的事业爱情、悲欢离合。1918年，短篇小说《纪念》发表于《妇女杂志》，约同时他还写了《除夜》《过后》《车中人语》等文言短篇小说，都未发表而手稿遗失。但是从现存的几首旧体诗中能了解大概内容，也让我们看到王统照在文学创作初始阶段的状态。这首诗的首联说明了诗人写作《除夜》这篇短篇小说的动机，即意在揭露"人世魑魅影"。颔联则写诗人面对凄迷的风雪，想到山河破碎的社会现实，不禁悲从中来。颈联则表明诗人志在效仿古人，以"托志虞初"的形式来揭露并批判社会的腐朽。尾联抒发了诗人作为弱小知识分子对黑暗社会现实的叹息和无奈。

游晏公庙

闲门谢客效疏狂①,羁旅光阴百意伤。
散行②不知春过半,杏花零落对斜阳。

柳展柔条水始波③,春城风物奈愁何。
小栏倦倚东南望,睡起重山感绿蛾④。

〔题解〕

选自《剑啸庐诗存》,大约写于1915年至1917年。诗前有序云:"休沐日游晏公庙,杏花一株,繁英欲落,感成两绝。"王统照在一个假日到晏公庙游玩,看到盛开的杏花即将坠落,有感而作此诗。

〔注释〕

① 疏狂:狂放不羁。
② 散行:散步,随意行走。
③ 水始波:池里的水荡起了波纹。
④ 绿蛾:女子的眉毛。古代女子以黛画眉,呈青黑色,故称。也借指美女。[唐]许浑《送客自两河归江南》:"遥羡落帆逢旧友,绿蛾青鬓醉横塘。"这里指山峦披上了

绿装。

〔**评点**〕

  第一首诗的开头就单刀直入写诗人旅居他乡，闭门谢客，生活枯燥乏味，心情抑郁。接下来诗人由情转景，描绘了春光易逝、夕阳西下、杏花零落的景致，既给诗歌蒙上了一层柔和的色彩，又以哀景衬托出诗人忧郁的心情。第二首，第一句先写柳条舒展水波荡漾的美好春景，第二句笔调一转，如此美景也消解不了诗人心中的忧愁。最后两句则又回到倚栏眺望的重山，绿意盎然，透露出轻快之意，由此整首诗抑扬顿挫，节奏错落有致。两首诗语言简洁质朴，意境优美，以诗情画意的笔调描绘出晏公庙的美景，反衬了诗人内心的愁绪。

读马君武所译托尔斯泰之短篇小说
《绿城歌客》感而赋此

魑魅世界①拜金难,苦剧归来冷眼看。
沧海扬尘②同一哭,冰弦③独作不平④弹。

此曲只能天上有⑤,人间白雪⑥和⑦应难。
绿城一夜明湖⑧月,不照冰弦照我冠⑨。

〔题解〕

本诗选自《剑啸庐诗存》,大约写于1915年至1917年。《王统照文集》中此诗诗题为《读马君武所译托尔斯泰之短篇小说〈绿城歌客〉感而赋此》。

〔注释〕

① 魑魅世界:魑魅,古谓能害人的山林之神怪。亦泛指鬼怪。常喻指坏人或邪恶势力。魑魅世界,比喻坏人当道的社会。
② 沧海扬尘:同"沧海桑田",指时间流逝,世事变迁。
③ 冰弦:琴弦的美称。传说中有用冰蚕丝作的琴弦,故称。
④ 不平:愤慨,不满。[唐]卢照邻《刘生》:"刘生气不平,

抱剑欲专征。"
⑤ 此句化用唐代杜甫《赠花卿》中的诗句"此曲只应天上有"。
⑥ 白雪：即"阳春白雪"，古代楚国古琴曲名，当时认为是较高级的音乐，后用以泛指高雅的文学艺术作品。
⑦ 和：和声，谐调。
⑧ 明湖：大明湖。王统照在济南求学时经常游览大明湖、千佛山等风景名胜。
⑨ 峩冠：亦作"峨冠"，高冠。

〔评点〕

　　王统照不仅深受中国古典文学的影响，同时也阅读了大量的西方文学作品，从他考入中国大学后选择英国文学系，足见其对西方文学的青睐。这两首诗即表达了诗人对于托尔斯泰《绿城歌客》这篇小说的看法以及他阅读后的感慨。第一首中，托尔斯泰的这篇小说主要描写了社会的冷漠。诗人由此联想到自己所处的时代，目睹黑暗的社会现状，诗人虽然为此愤愤不平，但也只能和托尔斯泰一样以文学创作表达自己的思考与情感，无法用实际行动去改变这个世界。第二首中，诗人既高度赞美了托尔斯泰的这篇小说，但同时也认为其难以被时人所接受，借此表达自身不被世人理解的孤独。因此，这两首诗既表现了王统照从托尔斯泰作品中得到的共鸣，同时反映了其对社会现实的关注和思考，其中也流露出诗人作为现代"零余者"的抑郁和无奈。

春 暮

梨云①梦醒怅斜晖,红紫飘零绿渐肥。
燕子不归春事尽②,满城风絮带花飞。

〔题解〕

本诗选自《剑啸庐诗存》,大约写于1915年至1917年,是诗人在暮春时节有感而作。

〔注释〕

① 梨云:云白似梨花。〔元〕陈樵《玉云亭》:"梨云柳絮共微茫,春色园林一色芳。"
② 春事尽:春天已经过去。

〔评点〕

这首诗描绘了春暮时的迷人景色。第一句用拟人化的手法写如云似雪的梨花从梦中醒来,夕阳斜照,如此添了几分惆怅,"怅"字赋予了梨云感情色彩。第二句写地上的花草,"红紫飘零"写春花的零落,令人惋惜,后半句却笔锋一转,写绿叶的繁盛,充满了勃勃生机,色彩感强烈。第三句则是诗人的内心活动,燕子还未归来,春天已经过去了,美好的春光是如此易逝,这里蕴含了诗人浓烈的惜春之情。最后一句，诗人的思绪又回到眼前之景，春风满城，柳絮裹挟着落花在空中到处飞舞，又一反上一句的伤感而变得春意盎然。整首诗情景交融，既反映了王统照性格中忧郁的一面，又体现了他奋发向上的蓬勃精神，由此体现出他多层次的个性气质。

端阳日郊游

为遣①佳节抒幽情②,漫步芳菲出郭城③。
半亩荷塘澄鉴影④,几家茅屋缫丝⑤声。
茭芦水暖鸭知浴⑥,杨柳风清蝉乍⑦鸣。
何必桃源⑧方独往,五丝⑨争教系浮生。

〔题解〕

本诗选自《剑啸庐诗存》,大约写于1915年至1917年。端阳日,指端午节,为每年农历五月初五。

〔注释〕

① 遣:消遣,这里指度过。
② 幽情:郁结、隐秘的感情。[唐]白居易《琵琶行》:"别有幽愁暗恨生,此时无声胜有声。"
③ 郭城:城郭。这里指济南城。
④ 此句化用朱熹《观书有感》中"半亩方塘一鉴开,天光云影共徘徊"句。鉴,照。
⑤ 缫丝:将蚕茧抽出蚕丝的工艺。
⑥ 此句化用苏轼句"竹外桃花三两枝,春江水暖鸭先知"。茭芦,茭和芦皆为植物名。茭,茭白,可作蔬菜。芦,芦苇,

生于水边的草本植物。

⑦ 乍：刚，忽然。

⑧ 桃源：桃花源，出自陶渊明《桃花源记》，指安宁和乐的理想世界。

⑨ 五丝：五色丝。[南朝]简文帝《七励》："五丝擅美，独茧称华。"

〔**评点**〕

　　这首诗的首联交代了诗人郊游的原因，即"为遣佳节"，伴着初夏盛开的花草，诗人出了城，由此可见其心中的雀跃之情。颔联和颈联描绘了一幅"农村郊游图"：一方干净的荷塘，水中茭芦丛生，野鸭在欢快地游泳，岸边杨柳青青，微风轻拂，蝉儿乍鸣，几家茅屋里传来缫丝声。这一切都是那么生机勃勃，既充满了大自然的趣味，又富有生活气息。由此表现了诗人对大自然以及生活的热爱。本诗语言清新自然，在化用前人诗句上颇具特色，选取的意象多样化且富有生机，基调明快，欣喜之情溢于言表。虽然王统照因时代和家庭的原因常有忧郁，但是也不乏积极向上的一面。正是这样多层次的性格，才造就了王统照精神气质的复杂性和丰富性，从而使得他的文学创作也呈现出多样化。

闻邑中得雨志感

肤寸①喜闻霡霂②施③,故乡东望意迟迟④。
即今离乱干戈⑤日,谁作苍生霖雨施。

〔题解〕

本诗选自《剑啸庐诗存》,大约写于1915年至1917年。邑,泛指城市,这里指诗人的故乡山东诸城。本诗是王统照听闻家乡久旱逢雨时有感而作。

〔注释〕

① 肤寸:语出"肤寸而合"。
② 霡霂:雨水。《诗经·小雅·信南山》:"雨雪氛氛,益之以霡霂。"
③ 施:散布。《周易·乾卦》:"云行雨施。"
④ 迟迟:舒缓、徐行的样子。这里指诗人思绪的忧郁。
⑤ 干戈:干与戈,古代常用兵器。比喻战争。〔宋〕王安石《何处难忘酒》:"赋敛中原困,干戈四海愁。"

〔评点〕

这首诗第一、二句写诗人听闻家乡久旱逢雨,内心感到欣喜的同时，想到自己漂泊在外，只能遥望故乡，不禁生出忧郁的情绪。第三、四句，诗人联想到在天灾人祸的双重打击下，人民苦不堪言，不知谁才能解救天下苍生于水火之中。整首诗语言质朴，但字里行间表达了诗人对劳动人民悲惨命运的深切同情，以及迫切希望寻求救国救民道路的愿望。

夜　坐

芳岁①徂②何急，清宵感百端。
青春余华发，白露蚀诗肝③。
月影当花乱，笳声警梦阑。
虚堂④深久坐，未觉苦吟寒。

〔题解〕

　　本诗选自《剑啸庐诗草》，大约写于 1915 年至 1917 年，是诗人于深夜独坐，感怀而作。

〔注释〕

　　① 芳岁：农历每年的首月；盛年。
　　② 徂：过去，逝。
　　③ 诗肝：诗思、诗心。
　　④ 虚堂：空落无人的房间。

〔评点〕

　　王统照青年时期常因时代和家庭原因而心生抑郁，这首诗表达了诗人于夜晚独坐，感到时光易逝、一事无成徒伤悲的惆怅与无奈。首联感叹时光飞逝，诗人感慨万千，早生华发。"白露蚀诗肝"以夸张手法道出了诗人内心抑郁、诗思混乱的状态。颈联由情入景,月影乱花,笳声警梦,衬托情之惆怅。尾联与诗题相呼应,意蕴无穷。诗人自小勤奋好学,满腹才华,志向远大,然而生于这样一个黑暗的时代,无法施展才华实现理想。在这种压抑的状态下,诗人只能在深夜徒生感慨。王统照的这种情绪代表了当时很大一部分知识分子抑郁不得志的状况,从侧面反映出时代对知识分子的压迫。

题画桃花

几从画内唤真真①，默默无言自可人②。
为护天香尺幅里，恁③他风雨不惊春。

剪红画碧即仙人，何必桃源④始问津⑤。
写入丹青⑥风露里，一枝香是武陵春⑦。

〔题解〕

　　本诗选自《剑啸庐诗存》，是王统照创作的一首题画诗，大约写于1915年至1917年。题画诗是一种艺术形式，在画的空白处，往往由画家本人或他人题上一首诗。诗的内容或抒发作者的感情，或谈论艺术见地，或咏叹画面的意境。

〔注释〕

　　① 真真：指"画里真真"，典出［唐］杜荀鹤《松窗杂记》："唐进士赵颜，于画工处得一软障，图一妇人，甚丽。颜谓画工曰：'世无其人也，如可令生，余愿纳为妻。'画工曰：'余神画也，此亦有名，曰真真。呼其名百日，昼夜不歇，即必应之，应则以百家彩灰酒灌之，必活。'"画里真真，用来比喻不切实际的空想，或是根本实现不

了的幻想。这里是王统照赞叹画作中桃花之逼真。
② 可人：称人心意。[宋]黄庭坚《次韵师厚食蟹》："趋跄虽入笑，风味极可人。"
③ 恁：任凭。
④ 桃源：桃花源，出自陶渊明《桃花源记》，指安宁和乐的理想世界。
⑤ 问津：津，渡口。问津，询问渡口，问路，引申为探求途径或尝试的意思。
⑥ 丹青：丹和青是中国古代绘画中常用之色，借指绘画。
⑦ 武陵春：一指词牌名；二指戏曲名，明朝许潮撰，根据陶潜《桃花源记》点缀成戏。

〔评点〕

开头以"画里真真"的典故开篇，赞叹画中桃花之逼真，而第二句则进一步点出了所画桃花不仅逼真，而且"可人"。第三、四句则一语双关，"不惊春"不仅赞叹作画之人技艺精湛而从容不迫，同时也以拟人化的手法称赞桃花的镇定自若，表达了诗人对此幅画卷的赞美之情。随后，诗人将作画之人称为"仙人"，认为其画艺高超，已经达到了很高的造诣，不用再去寻找那"桃源之境"。这两首诗通过化用典故，以简洁明了的语言给予这幅画及画家极高的评价，既抒发了诗人对美好生活的向往之情，但同时也透露出逃避现实的消极隐世思想。青年时期的王统照，其思想上既有进步的一面，也有局限性。在他的身上，经常体现出思想的矛盾性：一方面感慨时局，渴望寻求救国救民的途径；另一方面又因常常力不从心而想避世。

对月（一）

袖手高楼独倚栏，阳阿①惆怅思无端。
银河净洗清波凝，乌鹊②归飞白露团。
万事尽从圆后缺，四时最好静中观。
自知明月关亏盈③，独抚冰弦不忍弹。

〔题解〕

本诗选自《剑啸庐诗存》，大约写于1915年至1917年，是王统照独自一人对月有感而作。

〔注释〕

① 阳阿：即"阳阿薤露"。语出［战国］宋玉《对楚王问》："客有歌于郢中者，其始曰《下里》《巴人》，国中属而和者数千人；其为《阳阿》《薤露》，国中属而和者数百人；其为《阳春》《白雪》，国中属而和者不过数十人。"《阳阿》和《薤露》都是古歌曲名。"阳春白雪"是春秋时楚国高雅的歌曲，"阳阿薤露"是中等水平的歌曲，"下里巴人"是通俗的民间歌曲。后用"阳阿薤露"比喻能为较多人所接受的文艺作品。这里单纯指曲调。

② 乌鹊：乌鸦和喜鹊。
③ 亏盈：这首诗里指月圆月缺。

〔**评点**〕

　　自古以来，诗人对月抒怀，感叹人间悲欢离合的诗歌数不胜数。从小学习古典文学的王统照自然也不例外，加之性格敏感抑郁，因此对月吟叹成为他旧体诗中的一个重要内容。这首诗以月亮为中心，似乎全篇都笼照在冰冷的月光下，透露出悲凉的气氛。诗人独倚高楼，遥望明月，耳边传来高雅的歌曲，不禁感慨万千，无限惆怅。诗人知道月总有阴晴圆缺，人也有悲欢离合，一想到此不免心生悲哀，连琴也不忍再弹了。在王统照的旧体诗词中，"月"是经常出现的一个意象，如《二月二十夜对月》《月上海棠·感时》等，在其后来的新文学创作中，"月"也是经常出现的内容，如短篇小说《月影》《湖中的夜月》，新诗《秋夜对月》等，由此可见王统照对这一意象的青睐。

因书(用玉溪生韵)

远望惟通海,闲情涨似江。
潮声惊卧枕,帆影落虚窗。
得句学高咏,遣忧酌①碧缸②。
平生蕉萃③感,只自对残釭④。

〔题解〕

本诗选自《剑啸庐诗存》,大约写于1915年至1917年。因书,由于读书有所感悟而写成诗句。用玉溪生韵,《王统照全集》中为"用生溪生韵",疑有误,应为"玉溪生韵",指用唐代诗人李商隐《因书》一诗的韵。李商隐《因书》:"绝徼南通栈,孤城北枕江。猿声连月槛,鸟影落天窗。海石分棋子,郫筒当酒缸。生归话辛苦,别夜对凝釭。"

〔注释〕

① 酌:斟酒,饮酒。
② 碧缸:碧,青绿色;缸,盛东西的一种容器。碧缸,指青绿色的酒杯。
③ 蕉萃:同"憔悴",指瘦弱无力、脸色难看的样子。
④ 釭:本义指古代宫室壁带上的环状金属饰物,这里指油

灯。[南朝]江淹《别赋》："夏簟清兮昼不暮,冬釭凝兮夜何长。"

〔评点〕

  这首诗通过描写苍茫的大海,抒发诗人心中的抑郁和愁苦。尾联"平生蕉萃感,只自对残釭"就直接点明了诗人忧郁的情绪。王统照的旧体诗整体风格上是"凝古"的,多哀婉的低吟和深沉的呐喊。这首诗的特别之处就在于,它的风格显得雄奇豪迈。首联写远眺大海一片苍茫,诗人的闲情如同奔腾高涨的江水。猛烈的潮声、眼前的帆影,一切都是那么壮观。诗人"得句"而"高咏",以"酌碧釭"来排忧,虽仍是苦闷,但是与以往相比,苦闷之中多了一丝释然和豁达。

独 坐

独坐恍成遗世①想,静听渔笛转虚恬②。
热肠句向忧中索,禅悟花宜笑里拈③。
浊酒苦茗④消白日,斜风细雨隔重帘。
此生便拼成孤往,披发空山效隐潜⑤。

〔题解〕

选自《剑啸庐诗存》,大约写于1915年至1917年。

〔注释〕

① 遗世:超脱于人世间。
② 虚恬:虚静恬淡。
③ 禅悟花宜笑里拈:拈花一笑。[宋]释普济《五灯会元》:"世尊在灵山会上,拈花示众,是时众皆默然,唯迦叶尊者破颜微笑。"
④ 茗:茶。
⑤ 隐潜:隐藏潜伏,隐士,隐居。

〔评点〕

"独坐"是王统照求学时期经常呈现的一种状态,他的很多旧体诗都是夜晚独坐有感而发。这是他青少年时期生活的一个缩影,体现了他精神面貌的一个方面。在其他诗中,诗人独坐,或感慨身世,或思念亲友,或忧叹时局,而这首诗则表现了诗人厌恶浑浊的尘世,希望归隐山林的想法。首联写诗人神思恍惚,静听渔笛心中感到一丝安适。但这只是刹那的,一想到黑暗的现实,诗人忧从中来,只能借酒消愁,颓唐度日。尾联诗人用坚决的口吻表示这一生要独来独往,归隐深山,这或许只是诗人在深夜一时冲动的想法,但恰恰反映了他对丑陋现实的憎恶。正是因为王统照对自由、光明生活的热爱之深,才会在面对现实时感到痛苦,甚至这种知识分子思想上的软弱性在他的旧体诗中比较常见。

江 南

倏①惊众绿遍江南,五月熏风②草木酣。
齐鲁河山惊卧虎③,燕幽烽火急征骖④。
弄兵盗国⑤容再误,病酒伤时⑥两不堪。
抚剑对花空太息⑦,登楼愁见海光涵。

〔题解〕

本诗选自《剑啸庐诗存》,大约写于1915年至1917年。1915年5月9日,袁世凯政府接受日本帝国主义提出的"二十一条",由此日本帝国主义全面享受德国在山东的一切权利,进行疯狂的侵略扩张,此诗正是作于这一历史背景下。

〔注释〕

① 倏:极快地,忽然。
② 熏风:熏,又作"薰",指花草的芳香。熏风,弥漫着花草香味的风,和暖的风。
③ 齐鲁河山惊卧虎:指日、德占领山东。齐鲁,指现在的山东一代。
④ 燕幽烽火急征骖:燕幽,指现在河北省北部及辽宁一带。骖,古代驾在车前两侧的马。此句意指国内军阀与帝国

主义列强混战的局面。

⑤弄兵盗国：指当时军阀争斗，篡夺国家政权。

⑥病酒伤时：饮酒沉醉，感叹时局。

⑦太息：叹息。

〔评点〕

　　这是一首感叹时局、关注国家命运的爱国之作，与诗人所处的时代紧密相关。首联写诗人偶到郊外游玩，发现到处已是一片盎然绿意，微风中弥漫着花草的香气，一切都呈现出欣欣向荣的景象。颔联和颈联则由眼前的大好河山转到祖国的现实，即军阀混战，列强入侵，山河动荡，战火纷飞。种种残酷的现实使得诗人痛苦不堪，只能借酒浇愁。尾联则又回到眼前之景，诗人抚剑对花叹息不已。因此，这首诗表现了诗人对祖国深沉的爱和对帝国主义、封建军阀的憎恶。青年王统照虽然满怀救国热情，但是作为一介书生，只能在笔端挥洒自己的无奈。全诗语言精练，对仗工整，情景交融，"乐景"与"哀情"形成鲜明对比，体现出情之深切。

积 阴

积阴生羁感,对酒傲沧波。
大道隐苍霭①,明窗罥②翠萝。
杂花因雨发,丛树得云多。
淹卧③潇潇听,空山画角④和。

〔题解〕

本诗选自《剑啸庐诗存》,大约写于1915年至1917年。积阴,指久阴不晴。

〔注释〕

① 大道隐苍霭:指连年军阀混战,民不聊生,古时遵从的道义消失殆尽。
② 罥:此处从《王统照文集》,缠绕,悬挂。[唐]杜甫《茅屋为秋风所破歌》:"茅飞渡江洒江郊,高者挂罥长林梢,下者飘转沉塘坳。"
③ 淹卧:淹,淹留,滞留。淹卧,一直躺着。
④ 画角:古管乐器,出自西羌,形如竹筒,以竹木或皮革制成,外加彩绘,故称。发音哀厉高亢,古时军中多用之,以警昏晓、振奋士气。[唐]陈子昂《和陆明府赠

将军重出塞》:"晚风吹画角,春色耀飞旌。"

〔**评点**〕

这首诗的首联点明了此时的环境,面对久阴不晴的天气,诗人心中也生出了抑郁之感。颔联表面上看是写景,实则描写了当时黑暗的社会现实。颈联和尾联则用"杂花""雨""丛树""云""空山""画角"等一系列密集的意象,将诗人内心的忧郁之情融入其中。整首诗构建了一幅意境开阔的图画,阴雨绵绵的天气,苍茫的大海上雨雾缭绕,一些不知名的花草在雨中生长。在此情形中,诗人聆听潇潇雨声,其中还和着画角之声。整首诗并没有直接描写战争,但正是在此种"风雨欲来风满楼"的气氛中,我们体会到了国家的岌岌可危和诗人内心的忧患。

对 月

风露静无尘,晴碧如织素。
双鹭破烟飞,遮断一轮玉。

三五蟾光①盈,金风②漾素波。
对此清漏③永,星斗夜如何。

明掩天孙④锦,光分不夜城。
便增游子感,怅触故乡情。

远树寒光乱,秋河⑤界影分。
清辉涵玉宇⑥,微滓⑦惜浮云。

〔题解〕

　　本诗选自《剑啸庐诗存》,大约写于1915年至1917年。诗人在异地求学,内心常常思绪万千,此诗是诗人望月有感而作。

〔注释〕

① 蟾光：月色，月光。传说月亮上有蟾蜍，故以"蟾"为月亮的代称。
② 金风：秋风。
③ 漏：漏壶，古代计时器，铜制有孔，可以滴水或漏沙，有刻度标志以计时间。
④ 天孙：星名，即织女星。织女为民间神话中巧于织造的仙女，为天帝之孙，故名。
⑤ 秋河：银河。
⑥ 玉宇：传说中天帝或神仙的居所，亦称雄伟的宫殿为玉宇。
⑦ 滓：沉淀的杂质，污浊。

〔评点〕

　　王统照的诗经常因"月"而发，仅以"对月"为题的诗就已经不少了，但是诗人每一次写"月"都能写出不同的味道。这首诗以"月"为中心，第一首前两句描写了寂静的夜空中，朦胧的月光犹如一块巨大的素绸铺展开，营造出一种静谧的氛围。紧接着诗人笔锋一转，由静而动，写凌空而飞的双鹭划过夜空，遮断了一轮明月。第二首，诗人将微风下的月光比喻成水面上荡起的层层波纹，想象奇特又传神地表现了月光的特点，极具画面感和美感。第三首由景即情，写漂泊在外的诗人看到如此月色，触发了心中的思乡之情，情感过渡自然。第四首，诗人又由情转景，描写了远处的树木、斑驳的光影，进而将思绪延伸到玉宇、人世，抒发了诗人淡淡的惆怅。整组诗想象丰富，风格恬淡，引人遐思。

青岛与友人晚眺

偶从晞①发向山阿,便尔②行吟③踏绿莎④。

天际驲⑤归寒浪涌,夕阳人爱晚晴过。

眼中芳草锄难尽,海上孤峰剑未磨。

欲问沙鸥⑥劳集意,江湖满地暮愁多。

〔题解〕

本诗选自《剑啸庐诗存》,大约写于 1915 年至 1917 年。诗人寄居青岛,与友人远眺落日下的浩渺烟波时,写下这首诗。

〔注释〕

① 晞:破晓。
② 便尔:就这样。
③ 行吟:一面走一面吟诗。
④ 绿莎:莎,草名。此处泛指草地。
⑤ 驲:同"帆"。
⑥ 沙鸥:一种水鸟,栖息沙洲,经常飞行于江海之上。〔宋〕范仲淹《岳阳楼记》:"沙鸥翔集,锦鳞游泳。"

〔评点〕

  此诗又是一首情景交融的佳作,且层次分明。首联和颔联为远眺之景,写诗人与朋友在草地上一路行走一路吟诗,夕阳西下,远处是归来的帆船和汹涌的波涛,一个"寒"字折射出诗人内心的情绪。颈联和尾联写远眺之情。"芳草难锄""宝剑未磨"皆以物喻情,暗示诗人心中的愁绪难以排遣。最后一句更是直接点明了诗人壮志难酬的痛苦。全诗由景入情过渡自然,不事雕琢,颇有意味。

胶济道中即目

又作秋征计,飘萧风雨途。

峦光①敛夕照,云气下平芜②。

古碣③埋荒阪④,行人步野墟⑤。

当前景物好,过眼重踌躇⑥。

〔题解〕

　　本诗选自《剑啸庐诗存》,大约写于1915年至1917年。是诗人在胶济线上根据眼前之景有感而作。"胶济线"即胶济铁路,20世纪初也被称为"山东铁路",东起青岛,西止济南,始建于1899年,1904年建成通车,是横贯山东的运输大动脉,与邯济线一起构成晋煤外运的南线通道,是青岛、烟台等港口的重要疏港通道。

〔注释〕

① 峦光:山峰的影子。

② 平芜:草木丛生的平旷原野。[南朝·梁]江淹《去故乡赋》:"穷阴匝海,平芜带天。"

③ 古碣:古碑。

④ 荒阪:荒凉的山坡。

⑤ 野墟：此处指坟、岗相杂的荒野。
⑥ 踌躇：踯躅，徘徊不进。

〔评点〕

　　自求学时起，王统照就在外漂泊。这首诗描写了他又一次踏上征途时的所见所感。首联一个"又"字表达了诗人再次踏上奔波生涯的无奈和惆怅。颔联和颈联则描绘了路上所见的具体图景：夕阳西下，暮光普照，好像一层云气笼罩在平原草地上，充满了一种黄昏静谧的美感。颈联则写荒凉的山坡上倒着古碑，行人在荒凉的原野上独行，呈现出一派萧条凄凉的景象。尾联写诗人在途中看到美丽的风景，但内心仍充满了对未知的不安和踌躇。整首诗借路途中的所见之景，表达了天涯游子对前路的不安、孤独与彷徨。

狂　疏

炉篆①香消梦落初,浮生欲计失狂疏。
弃繻未有终军志②,植木③先知庄叟④书。
学坐心禅杂慧感,每因冥悟得真如⑤。
兀然⑥突向寒牕⑦笑,又听阴雷走晚车。

〔题解〕

本诗选自《剑啸庐诗存》,大约写于1915年至1917年。狂疏,亦作"狂疎",指放荡不检;狂放不羁。

〔注释〕

① 炉篆:香炉中的烟缕,因其缭绕如篆书,故称。
② 弃繻未有终军志:《王统照全集》和《王统照文集》中均为"中军",疑有误,此处从《王统照诗词注评》。语出《汉书·终军传》:"初,军当诣博士从济南步入关,关吏予军繻,军问,以此何为?吏曰,为复传还,当以合符。军曰,大丈夫西游,终不复传还。弃繻而去。军后为谒者,使行郡国,建节东出关。关吏识之,曰,此使者乃前弃繻生也。"后用以比喻有远大抱负。
③ 植木:种树。

④ 庄叟：即庄子，战国时期哲学家、文学家，是道家学说的主要创始人。

⑤ 真如：佛教语，谓永恒存在的实体、实性。

⑥ 兀然：突然。

⑦ 牕：同"窗"。

〔评点〕

　　这首诗抒写了王统照对于人生的无奈无力之感。首联由"炉香梦落"引出诗人对世事无常、浮生难主的感慨。颔联表明了王统照青年时代的志趣：没有从军入伍的志向，从小只爱好读书作文。颈联则描写了诗人静下心来，摒弃杂念，学习禅道，每每有所顿悟。尾联写诗人独自面对寒窗大笑，其狂疏姿态令人侧目。结句以景语收束，窗外的阴雷和晚车声响令诗人更加痛苦。这首诗表现了王统照的复杂性格：一方面他爱好书斋生活，渴望静心入定，不问世事；但是另一方面，风雨飘摇的时代又让他无法置身事外。此时正值帝国主义列强入侵，军阀混乱，民不聊生，知识分子都渴望为报效祖国做出自己的贡献。然而在这首诗中，诗人既表达了自己"入定"的愿望，同时又写了狂放的冲动。二者统一起来，实则成为诗人矛盾性格志趣的写照。

南乡子

凉月上窗纱。一珩①帘波卍②影加。懒抚曲阑问月姊,天涯。不是团圆也思家。

清卧梦痕赊③。今宵幽闺汉影斜。如此清辉谁可共,栖鸦。白露中庭湿桂花。

〔题解〕

本词选自《剑啸庐诗存》,大约写于1915年至1917年。"南乡子",唐教坊曲名,后用作词牌,又名"好离乡""蕉叶怨"。原为单调,有二十七字、二十八字、三十字各体,平仄换韵。单调始自后蜀欧阳炯,此词牌即以欧阳炯《南乡子》为正体。南唐冯延巳始增为双调。

〔注释〕

① 珩:古玉器名,指佩玉上面的横玉,形状似磬而小,或上有折角,用于璧环之上。
② 卍:佛教符号,象征吉祥福瑞。佛教中以"卍"为佛陀"三十二相"之一。武则天时,定其读音为"万"。
③ 赊:长,远。〔唐〕李中《旅夜闻笛》:"长笛起谁家,秋凉夜漏赊。"

〔评点〕

在中国古典诗词中,"月亮"往往作为诗人抒发思念之情的载体,本词同样是一首望月怀乡之作。词的开头便是从"月"这一意象入手,"凉"月不仅表现出夜晚的清幽冷寂,同时也衬托出词人内心的孤独和凄凉;后面紧接一个动作"上窗纱","上"字赋予了词人行动,使原本静谧的画面一下子流动起来,形象地呈现出月光洒满窗纱的情景。而"一珩帘波卍影加"则进一步描绘了月影横斜的美。因此,词的开头既渲染了整首词的意境,也奠定了其情感基调。接下来词人抚曲问月,直抒胸臆,表达自己内心浓浓的思乡之情。下阕则继续借景抒情,面对皎皎明月,身边只有栖鸦可与自己共赏,更显示出词人的孤独寂寞。结尾一个"湿"字可谓点睛之笔,看起来是写白露,仔细体味又何尝不是在写词人的心中之泪呢?整首词融情于景,真挚自然,宛若一首低音婉转的思乡恋曲。

小重山

霜华如梦梦迷离。嫩寒①节候误了归期。天边雁字故迟迟。书械扎②,凭谁寄相思。

深情欲付伊。瘦容姿雕③尽,鬓丝丝。阿郎减了旧腰围。辛苦意,不使玉人④知。

〔题解〕

本词选自《剑啸庐诗存》,大约写于1915年至1917年。"小重山",词牌名,又名"小重山令","金奁集"入"双调"。唐人惯用以写"宫怨",故其调悲。五十八字,前后片各四平韵。

〔注释〕

① 嫩寒:指轻寒。〔宋〕王诜《踏青游》:"金勒狨鞍,西城嫩寒春晓。"
② 书械扎:书械,书信。扎,捆。此处指成堆的书信。
③ 雕:同"凋",凋零,消逝。
④ 玉人:对亲人或所爱者的爱称。〔唐〕权德舆《送卢评事婺州省觐》:"客愁青眼别,家喜玉人归。"

〔评点〕

　　这是一首情真意切的相思之情。词的上阕写归期延误,鸿雁未到,相思之情无处寄放;下阕则写词人深情相许,为伊消得人憔悴,即使为情所困,饱受辛苦,也不愿爱人所知。整首词细腻地描写了词人恋爱中的心理体验,字里行间洋溢着作者的深情,但是又有一定的节制,显得含而不露,婉转缠绵。

满庭霜·客思

朔燕①催寒,西风掠鬓,客怀容易阑珊②。梦短宵永,明月上栏干。听他雪天夜角,蓦地③里,惊起清眠。最无赖④,灯花蕊吐,炉篆⑤袅轻烟。

低头,细思量,故乡何处,谁报平安,只明明如月,羁树栖鸾。伴我天涯蕉萃⑥,下书幌⑦,懒抚冰弦。归思切,琼楼玉宇⑧,欲问婵娟⑨。

〔题解〕

本词选自《剑啸庐诗存》,大约写于1915年至1917年。"满庭霜",词牌名,取方夔诗"开门半山月,立马一庭霜"为词名。又名"满庭芳",因〔唐〕吴融"满庭芳草易黄昏"诗句而得名,又一说得名于柳宗元"偶地即安居,满庭芳草积"。

〔注释〕

① 朔燕:朔,北方。朔燕,北方的燕,即归燕。

② 阑珊:将尽,衰落,有凄凉、凋零之意。

③ 蓦地:出乎意料,让人感到意外。

④ 无赖:无聊。〔宋〕陆游《雨中作》:"多情幽草沿墙绿,

无赖群蛙绕舍鸣。"
⑤ 炉篆：香炉中的烟缕，因其缭绕如篆书，故称。
⑥ 蕉萃：同"憔悴"。
⑦ 书幌：指书斋中的帷幔窗帘，亦指书房。[唐]刘长卿《过裴舍人故居》："书幌无人长不卷，秋来芳草自为萤。"
⑧ 琼楼玉宇：琼，美玉；宇，房屋。琼楼玉宇，指月中宫殿，仙界楼台，也形容富丽堂皇的建筑物。
⑨ 婵娟：指明月。[北宋]苏轼《水调歌头·明月几时有》："但愿人长久，千里共婵娟。"

〔评点〕

　　这是一首抒发词人羁旅怀乡之情的词。上阕着重写景，描绘了词人客居他乡的所见所闻，以一系列情感色彩强烈的意象——"朔燕""西风""明月""雪天夜角"等，渲染了漂泊他乡的凄凉愁苦。下阕侧重写人，通过刻画人的动作行为——"低头""思量""懒抚冰弦"等，表明词人客居他乡的抑郁与憔悴。最后一句"归思切，琼楼玉宇，欲问婵娟"则直抒胸臆，表达了词人归家心切的相思之情。整首词层次分明，情景相衬，语言清丽凝练，读来情深意切。

意难忘·莲心

衣解清香。露心芽初茁,褪出微黄。柔情融舌苦,辛意绕齿凉。和夜露,入琼浆。异味试旗枪①。浸玉杯,织痕双捧,子细②评量。

谁谓辛苦③心肠。只密沁腑肺,甘自先尝。效颦④嗔侍婢⑤,剥茧待檀郎⑥。抛些个,喂鸳鸯。便苦也何妨,只可怜、盖残粉坠,冷了莲房⑦。

〔题解〕

本词选自《剑啸庐诗存》,大约写于1915年至1917年。"意难忘",词牌名。北宋·苏轼作有《意难忘·妓馆》。

〔注释〕

① 旗枪:产于浙江杭州、萧山、富阳一带的扁形炒青绿茶。因高级茶叶芽尖削如枪头,叶子展开如旗而得名。有"杭州旗枪""富阳旗枪"之分。

② 子细:仔细,认真。

③ 辛苦:辛酸悲苦。

④ 效颦:东施效颦,后因以"效颦"指不善模仿,弄巧成拙。

⑤ 侍婢:侍女,女婢。

⑥ 檀郎：中国历史上著名的美男子、西晋文学家潘安，世称檀郎，后遂用檀郎代指夫君或情郎。
⑦ 莲房：莲蓬。莲花开过后的花托，倒圆锥形，有许多小孔，各孔分隔如房，故名。〔唐〕王勃《采莲赋》："听菱歌兮几曲，视莲房兮几株。"

〔**评点**〕

这首词从表面上看是写莲子，实则是一首以男性视角书写的闺怨词。开头"衣解清香"以拟人化的手法描绘了莲子拨开外皮后清香四溢的情形，在这里莲子仿佛具有了美人的姿态。紧接着，词人细致地描写了莲子的颜色、味道以及功用，尤其是"露""褪""融""绕""和""入"等一系列动词的使用，赋予静态的莲子以动态美。"苦"和"凉"则点名了莲子入口的感受，与词人的"柔情""辛意"融合在一起，构成了一种复杂的体验。下阕则由莲子及人，写闺中女子等待自己的情郎或夫君，内心如莲子一般诸多苦楚。结尾"便苦也何妨，只可怜、盖残粉坠，冷了莲房"，则有"为谁辛苦为谁甜"之意，表达了闺中女子等待爱人的辛酸和无悔。整首词以莲喻人，以"莲心"比喻女子的内心，传神之余又十分含蓄，流露出淡淡的忧伤。

声声慢

　　诗思化梦，纯想萦情，负了流水年华。琴剑箫骚远游，飘泊天涯。平生恨事谁省，只高言、大句相加。可能是，效壮怀，投笔塞月听笳。

　　只惜斯人蕉萃①。望心亭，洒泪故国飞花。零雨凄风，中原何处为家。试登高楼北望，暗烽烟、迢递②云遮。忧怎等，慢愁看、黄日半斜。

〔题解〕

　　本词选自《剑啸庐诗存》，大约写于1915年至1917年。"声声慢"，词牌名，据传蒋捷作此慢词俱用"声"字入韵，故称此名，亦称"胜胜慢""凤求凰""寒松叹""人在楼上"。

〔注释〕

①蕉萃：同"憔悴"。
②迢递：遥远貌。〔唐〕杜甫《送樊二十三侍御赴汉中判官》："居人莽牢落，游子方迢递。"

〔评点〕

  这是一首饱含爱国情怀之作。上片直抒胸臆，表达自己虚度年华、无法报效祖国的悔恨。从"琴剑箫骚远游"到"投笔塞月听笳"，体现出词人自省后的转变。下片描绘了词人登楼北望的所见之景，烽烟四起，迢递云遮，中原大地满目疮痍，字里行间流露出词人深切的忧国之思。最后三句"忧怎等，慢愁看、黄日半斜"，"忧"和"愁"直接表达了词人对祖国的爱之深、忧之切，"黄日半斜"则营造出一种颓废、凄凉的意境，将情绪渲染得更富感染力。本词先抒情后写景，二者和谐统一。李清照的《声声慢（寻寻觅觅）》是婉约词的代表作，而王统照的这首词上片情感挥洒淋漓尽致，下片写景则婉约曲折，有"刚健娜婀两平分"之势。

临江仙(清病连朝无气力)

清病连朝无气力,昏昏独卧空堂。梦回一陈①药花香。似潮前事,禁得几思量。

蚀尽年华凋鬓②影,平生万感回肠。一春风雨送寒窗。花憔柳悴,何处是归乡。

〔题解〕

本词选自《剑啸庐诗存》,大约写于1915年至1917年。"临江仙",唐教坊曲,后用作词牌,为双调小令,又名"雁后归""庭院深深""采莲回""瑞鹤仙令""玉连环"等。格律俱为平韵格,此调唱时音节需流丽谐婉,声情掩抑。

〔注释〕

① 一陈:同"一阵"。
② 鬓:鬓,脸旁靠近耳朵的头发。

〔评点〕

这首词主要表达了游子漂泊的愁苦和思乡之情。上阕叙事,写词人饱受疾病之苦,昏昏沉沉,独卧空堂,在此种情境下不禁回忆起前尘往事。下阕则写景抒情,"蚀尽年华凋鬓影"直接抒发了岁月流逝、青春不再的无奈之感。"一春风雨送寒窗",一个"送"字赋予"风雨"以人的行为,形象写出了风雨的动感。紧接着,作者以憔悴形容花柳,实则以花柳自喻,说明人的憔悴。结尾"何处是归乡"点明了整首词的主旨,即词人羁旅漂泊的孤苦无依和对归乡的盼望。整首词语言自然质朴又不乏细腻婉转,娓娓道来,自然流畅。

鹧鸪天

漫擘①香云②作盘鸦③。丝丝细雨透窗纱。愁搴④珠箔⑤殷勤看,怕是闲阶有落花。

才几日,又天涯。懒将滋味试新茶。春来春去侬⑥消瘦,一瓣心香⑦好祝他。

〔题解〕

本词选自《剑啸庐诗存》,大约写于1915年至1917年。"鹧鸪天",词牌名,又名"思佳客""思越人""醉梅花"。此调很像两首七绝相并而成,唯后阕换头处稍变。双调,五十五字,前后阕各三平韵,一韵到底。也可作曲牌名。

〔注释〕

① 擘:分开,拨开。

② 香云:这里比喻青年妇女的头发。[宋]柳永《尾犯》:"记得当初,翦香云为约。"

③ 盘鸦:指妇女盘卷黑发而成的头髻。[唐]孟迟《莲塘》:"脉脉低回殷袖遮,脸横秋水髻盘鸦。"

④ 搴:拔取。《广韵》:"搴,取也。"

⑤ 珠箔:珠帘。

⑥ 侬:我,他。

⑦ 心香：指真诚的心意。［清］龚自珍《南歌子》："红泪弹前恨，心香誓旧盟。"

〔评点〕

　　这首词是一首拟女性口吻的闺怨词。上阕叙事之中穿插写景，开头以"盘鸦"勾勒出一个闺中女子的剪影，"丝丝细雨"则点明了环境，并渲染出一种寂寥的氛围。接着女子起身掀珠帘，惦记着被细雨吹打的落花，"殷勤"二字既描绘了女子掀珠帘看落花的神态，又反映出她当时微妙的情绪。下阕开头短短六个字，直接表达了男女分离的相思之苦，言简而情深。"春来春去依消瘦"，既是因为离别之苦，也有年华易逝带来的伤感。紧接着词的情感基调发生转折，纵然万千愁绪在心，女子依然抱着诚挚的心意祝福。这就形成了情感上的反差，突出了女子美好的祝愿。整首词情感细腻温润，淡然之中蕴含着情绪的微妙起伏，颇为动人。同时语言典雅，字里行间流露出一股慵懒之美。

虞美人

西风一夜银塘①冷。玉宇星河迥。潇潇冷雨打窗棂。偏是满池荷叶、作秋声。

美人天末②愁思乱。渺渺情何限。欲弹锦瑟涩冰弦。奈他庭梧一叶、报新寒③。

〔**题解**〕

本诗选自《剑啸庐诗存》,大约写于1915年至1917年。"虞美人",词牌名,原为唐教坊曲,初咏项羽宠姬虞美人,因以为名。又名"一江春水""巫山十二峰"等。

〔**注释**〕

① 银塘:清澈明净的池塘。[清]纳兰性德《浪淘沙·秋思》:"霜讯下银塘,并作新凉。奈他青女忒轻狂。"

② 天末:天边,天际。

③ 新寒:天气开始转冷。[元]马臻《漫成》:"大风小雨戒新寒,隔水枫林叶已丹。"

〔评点〕

　　王统照的个性气质常常表现出"冷"的一面,这一点在其诗词创作中多有体现。这首词字里行间都洋溢着"冷"的气息。整首词选取了大量的意象,西风、银塘、玉宇、星河、冷雨、荷叶、梧桐等等,这一系列意象统摄于深秋这一环境下,给整首词营造出一种凄冷孤寂的氛围。在下阕中,王统照同样以美人自喻,而"愁思乱""情何限""涩冰弦"都以情绪化的词语直接抒发作者内心的荒凉之感。结尾一个"奈"字欲说还休,流露出更添新愁之感。整首词的视野十分开阔,先写西风银塘,进而转到玉宇星河,在视觉上,原本静止的画面有了一种流动感,在听觉上则于寂静之中发出萧索之音,意境更甚。本词没有华丽的辞藻和轰轰烈烈的情感,但通过凝练的语言和流畅的情绪表达,自成一种幽冷之美。

蝶恋花

凉月如霜偏入户。一枕秋声,钩起愁无数。昨夜金梧飘院宇。相思任他寒螀①诉

敲徧②朱栏钗不语。蕉萃③秋容,瘦尽秋如许。缄札④书成和泪寄。天涯望断秋来处。

〔题解〕

本词选自《剑啸庐诗存》,大约写于1915年至1917年。"蝶恋花",词牌名,出自唐教坊曲,因采用梁简文帝名句"翻阶蛱蝶恋花情"为名。分上下阕,共六十字。此词牌以抒写多愁善感和缠绵悱恻之情感为多。

〔注释〕

① 寒螀:寒蝉。〔清〕陈三立《雨》:"怀人江海断,灯火诉寒螀。"
② 徧:同"遍",处处。
③ 蕉萃:同"憔悴"。
④ 缄札:书信。〔唐〕李商隐《春雨》:"玉珰缄札何由达,万里云罗一雁飞。"

〔**评点**〕

　　本词是一首因悲秋引发的相思之作。上阕从触觉、视觉、听觉三个方面写景状物,以"凉月如霜""金梧飘落""寒螀秋声"等意象营造出秋天悲凉、凄冷的氛围;下阕由景及人,写自己敲遍朱栏,面容憔悴,身形消瘦,含泪寄信,直接抒发思念之情。最后一句"天涯望断秋来处"则表达了词人思念之深和归心之切,流露出"断肠人在天涯"之感。在王统照的旧体诗词中,有关"秋思""悲秋"的作品不在少数。这首词曲调哀婉,情感缠绵悱恻,真挚感人,别有一番滋味。

长相思

水迢迢①、山迢迢。一枕秋声可怜宵。谁家玉管②调。
风潇潇③、雨潇潇。几许秋魂禁得销。窗外打寒蕉。

〔题解〕

本词选自《剑啸庐诗存》,大约写于1915年至1917年。"长相思",原为唐教坊曲,后用作词调名。调名取自南朝乐府"上言长相思,下言久离别"句,多写男女相思之情。又名"相思令""吴山青""青山相送迎"等。此调有几种不同体格,俱为双调。

〔注释〕

① 迢迢:形容遥远,也可指漫长。
② 玉管:亦作"玉琯",泛指管乐器。[宋]辛弃疾《菩萨蛮(和夏中玉)》:"临风横玉管,声散江天满。"
③ 潇潇:形容风雨急骤。《诗经·郑风·风雨》:"风雨潇潇,鸡鸣胶胶。"

〔评点〕

这是一首缠绵悱恻的相思之词。上阕写山高路远,寒夜寂寥,"可怜"二字透露出词人此时的心绪;不知谁家玉笛传来的曲调,在秋夜更显哀怨凄凉。下阕开头的"风雨"与上阕"山水"相对应,"潇潇"既形容风雨之声,又表现出秋的萧索及人的悲凉。"几许秋魂禁得销"则是全词的情感聚焦所在,"秋魂"即人魂,一个"销"字流露出词人因相思而魂牵梦萦,为伊消得人憔悴之感。结尾回到写景,以"雨打芭蕉"画上句号,显出余音缭绕之感。词中没有主人公的出现,词人也没有直接描写相思之情,但是情境中无不蕴含寂寞相思之苦。整首词语言精练,上下阕对仗工整,叠音词的使用使得整首词充满了一种韵律感,音韵和谐,与词中出现的"秋声""玉笛""芭蕉"等声形成一种呼应。

水调歌头

又送新秋去,客意①奈愁何。闲从湖上,游眺②箫鼓晚来多。柳外风潇雨晦(是夕微雨而游人不少减),陈陈荷香吹处,人向画船过。桂棹③破波光,幽怨玉笛和。

剥莲荇④,调冰藕,发清歌⑤。美人懒拨,檀槽⑥心事诉微波。千万闲愁凭寄,羞照瓜灯倩影,红晕上双涡。惆怅还归去,消息怨嫦娥。

〔题解〕

本词选自《剑啸庐诗存》,大约写于1915年至1917年。"水调歌头",词牌名,据《隋唐嘉话》,为隋炀帝凿汴河时所作。唐朝大曲有"水调歌"。名篇有苏轼的《水调歌头(明月几时有)》,毛泽东的《水调歌头·游泳》等。

〔注释〕

① 客意:离乡在外之人的心怀、意愿。[唐]温庭筠《西游书怀》:"客意自如此,非关行路难。"
② 游眺:指纵目远望;游览。
③ 桂棹:指桂木制的划船工具。

④菂：古书指莲子。
⑤发清歌：唱出清亮的歌声。[晋]葛洪《抱朴子·知止》："轻体柔声，清歌妙舞，宋蔡之巧，阳和之妍。"
⑥檀槽：檀木制成的琵琶、琴等弦乐器上架弦的槽格。

〔评点〕

　　这首词的上阕描绘了一幅"秋雨游湖图"，开头一个"又"字，流露出时光易逝的惆怅，"奈愁何"则表明主人公离乡漂泊的苦楚。接下来词人描写了游湖的所见所闻，即便风潇雨晦，湖上游人依然众多，荷香、画船、波光、玉笛等一些景物展现了词人的所见、所闻、所听，从而使这幅图顿时有了立体感。然而，在看似热闹的情景下，词人的心情却是愁闷的，"破"和"幽怨"点明了作者的心情。下阕可谓一幅"美人图"，开头三个动词"剥""调""发"准确描绘了美人的行为，紧接着由行为过渡到心理，表现美人的心事重重。"羞照瓜灯倩影，红晕上双涡"，寥寥几笔就勾勒出女子的美态。最后两句则说明美人忧愁的原因，点明了思念这一主题，有欲说还休之感。王统照的婉约词，多朦胧含蓄。这首词以美人自喻，实际上抒发了作者的惆怅和思念之情。

第二辑

将东归矣赋赠木鸡(其一)

歌泣总成真①,心期②契③未申。

文章论杂论④,友道感疵醇⑤。

岁暮干戈急,天涯笑语亲。

相逢惜少壮,人海恸⑥微尘。

〔题解〕

　　本诗选自《剑啸庐诗草·补编》,写于 1919 年 4 月。初载 1919 年 4 月《中国大学学报》第 1 期"文苑"栏。木鸡,指王统照在中国大学读书时的同窗好友宋介。宋介(1893—1951),字维名,笔名"木鸡",山东兖州人。1918 年就读于中国大学政治经济系,此时,王统照准备东归故里,看望家人,临行前,他给同窗好友宋介写下了这几首赠言诗,这里选其中第一首。

〔注释〕

　　① 此句化用龚自珍《己亥杂诗》:"少年哀乐过于人,歌泣无端字字真"句意。

　　② 心期:心愿,心意。[清]纳兰性德《浪淘沙(紫玉拨寒灰)》:"回首碧云西,多少心期。"

　　③ 契:相合,相投。

④ 文章论杂论：大学读书期间，王统照与宋介均为《曙光》杂志社成员。他们在"五四"新文化运动的影响下，以文章针砭时弊，传播新思潮。

⑤ 疵醇：疵，疵病，缺点。醇，淳朴，纯粹。疵醇，这首诗里指优缺点，长短处。

⑥ 恸：大哭，极悲哀。

〔评点〕

　　1919年前后，在北京读书的王统照与几位志同道合的同学先后创办了多种进步杂志。那个时候的王统照与朋友们一起奋斗在新文化事业上，可谓意气风发，挥斥方遒，彼此建立了深厚的友谊。诚如首联所言，"心期契未申"说明了他与友人志趣相投，情谊深厚。但是诗人并没有停留在个人情感的抒发上，而是进一步转向了他们的文化事业，颔联就描写了他们在"五四"浪潮下以手中之笔与黑暗社会抗争的行为，体现了他们追逐理想的热情。颈联中，诗人用"干戈急"与"笑语亲"形成对比，以友情缓解了诗人在时代风暴下的痛苦，对仗工整，匠心独运。最后一联一个"惜"字，表达了诗人对这份友情的珍视，同时也抒发了诗人于乱世中对友人的惦念。

杂感二首（其一）

砧杵①频惊雁影疏，一宵怅惘鬓华②虚。
萧条城郭终何事，历乱风花③孰起予④。
故里犹闻横寇盗，中原今更少储胥⑤。
闲愁莫付霜毫⑥写，收却狂禅读道书⑦。

〔题解〕

本诗选自《剑啸庐诗草·补编》，写于1919年4月，载1919年4月13日《中国大学学报》第1期"文苑"栏。

〔注释〕

① 砧杵：《王统照全集》中为"砧件"，疑有误，此处从《王统照诗词注评》。砧，垫石；杵，棒槌。砧杵，捣衣物的工具。

② 鬓华：鬓，古同"鬓"。鬓华，鬓角的花白头发。

③ 风花：指当时社会上流行的"风花雪月""才子佳人"的文学作品。如鸳鸯蝴蝶派作品《玉梨魂》等。

④ 起予：《论语·八佾》："子曰：'起予者商（子夏）也，始可与言诗已矣。'"后用为启发自己之意。[唐]杜甫《赠李八秘书别三十韵》："触目非论故，新文尚起予。"

⑤ 储胥：木栅之类，做守卫拒障之用。这里指储备积贮。
⑥ 霜毫：指毛笔。
⑦ 道书：此处指那些具有革命民主主义意识，提倡科学和民主的进步书刊和外国文学作品。

〔评点〕

　　这首诗的首联写深秋时节，"砧杵"之声惊得雁飞影疏，诗人于深夜惆怅，白了少年头，开头以比兴的手法，营造出凄凉的氛围。颔联和颈联写诗人"怅惘"的缘由：城市萧条，社会上充斥着大量"风花雪月""才子佳人"类的庸俗作品。故乡内外交困，山河破碎，这满腔的忧愁与愤懑令诗人夜不能寐。最后诗人决意专注于"道书"，大量阅读新潮文化文学书籍。这首诗既表达了王统照忧国忧民的爱国情怀，又体现了他对改革旧文学的思考和对现代西方文化的积极关注。这恰恰代表了五四时期进步知识分子的精神面貌。

息机（一）

绿掩平畴①银雾昏，息机②高阁闭重门。

蒜天③郁怒驰云陈，白日行藏④惜酒樽。

念母情怀成苟宽⑤，惊心风景忆温存。

旧游京洛⑥难回首⑦，一碧天南睇海痕⑧。

〔题解〕

本诗选自《剑啸庐诗草·补编》，约于1927年春夏之交写于青岛。丁卯：1927年为农历丁卯年。本年初春，王统照的母亲病逝于故乡山东省诸城县相州镇。据王立鹏《王统照诗词注评》释，此时诗人以《丁卯集》为题写下了一系列旧体诗，本诗诗末有跋："余于是岁初春遭母丧，四月卜安窀穸，略营家世，遂挈两妹妻子定居岛上，是时居民不过十万，地广俗朴，风候宜人，养病避嚣，诚为福地。余以体弱，更逢大故，半年侍病与殡葬事，哀劳兼至，加以时局方纷，乡邑不靖，所值困苦，不可殚述；然持丧以礼，不敢草草，幸得安土，戚族多临。比及初夏，遂有济北事变，兵匪交乘，各地糜烂。余避居岛上，读礼教子，借息病躯，长夏凉秋，感怀遂多，发为韵语，记之草册，此第一首也。昔人居丧不敢闻歌；既殡之后，不为诗乐，余愧未能；但抒感构辞，却非闲情自放者可比。当时悒郁，借此自慰，虽少合作，庶知余怀。"

〔注释〕

① 平畴：畴，田亩，已耕作的田地。平畴，指平坦的田地。
② 息机：指诗人在母亲病逝后，避居青岛，闭门谢客，"读礼教子，借息病躯"的一段时间。
③ 荪天：苏天，指天帝。
④ 行藏：深居简出，隐藏行踪。
⑤ 芴宽："芴"通"忽"，忽然。宽，松缓。芴宽，一下子忧愁有所缓解。
⑥ 京洛：洛阳的别称。因东周、东汉均建都于此，故名。这首诗里指北平。
⑦ 指几年前在北平读书时的往事不堪回首。
⑧ 指伍剑禅妹婿，方旅马尼剌岛上，设教华侨中学，拟明春归来，与仪妹行婚礼也（作者原注）。伍剑禅，四川蓬安人，中国大学毕业，东京帝国大学研究生。

〔评点〕

王统照幼年丧父，母亲明事理，贤明干练，谈吐不俗，极其重视对王统照的培养。因而，对王统照来说，母亲既是他的养育者，又是他的启蒙者，其对母亲的感情不言自喻。这首诗是诗人在母亲逝世后心情悲痛之下而写成的，洋溢着对母亲的深切思念。开头以写景切入，碧绿的庄稼覆盖着平坦的大地，银白色的雾气弥漫在田野上空，显得昏沉沉的。这幅图景暗示了诗人丧母的沉痛心情，于是他闭门谢客，独自忍受悲痛。接着，诗人以

"蒜天郁怒驰云陈"暗示了彼时的"四·一二"反革命政变,面对紧张的局势,诗人只能深居简出,隐藏行踪,借酒浇愁。颈联又将笔锋转向了对亡母的深切思念,回忆过去与母亲的欢乐时光,心中更加悲痛。尾联诗人回忆起曾经在北平的志同道合的朋友,如今散落在天涯,又添几分惆怅,但是想到好友与三妹明年即将完婚,心中总算有了一丝安慰。由于当时恐怖的局势氛围,诗人只能以暗喻来揭露现实,抒发情感,虽隐晦但形象贴切。

丁卯集（四）

空寄尘劳辜①少年，可堪回首感茫然。
已多审慧②偏生执③，尽日耗奇④未肯捐。
亿劫⑤过如潮掠岸，中宵坐看露成团。
声闻⑥无量⑦孰真幻，海上飞云万态研⑧。

〔题解〕

本诗选自《剑啸庐诗草·补编》，约写于1927年。发表于1945年12月《文汇报·世纪风》，发表时题为《尘劳》。原诗共两首，这是其中第一首。

〔注释〕

① 辜：辜负。
② 审慧：在佛教中，"戒""定""慧"是佛教徒修持的三个阶段。由"持戒"而达到心地清静，消除妄念"入定"，由"定"而生"慧"。到"慧"的阶段就不执着了。
③ 生执：即生出执着心，对人世间的是与非很专注，不能解脱。
④ 耗奇：本义指考古文字一类的烦琐事情，这里指耗费

光阴。
⑤ 亿劫：万劫的加重说法，指多灾多难。
⑥ 声闻：梵文意译，佛家称闻佛之言教，证四谛之理的得道者，常指罗汉。
⑦ 无量：无量寿佛，即阿弥陀佛。
⑧ 研：亦作"妍"，美丽。

〔评点〕

出生于乱世之中的王统照自少年时代就胸怀救国救民的雄心壮志，这一点在其旧体诗词中多有体现。来到北平后，也就是"五四"运动初期，诗人积极创作，致力于新文化事业，都是他对少年理想的实践。然而，"五四"运动的退潮，大革命的失败，都让他遭受了现实的沉重打击，陷入了苦闷和彷徨。这首诗的首联便充分表现了诗人在"五四"浪潮中艰难跋涉的迷茫，这代表了相当一部分知识分子当时的心声。接着，颔联则委婉道出了自己内心的抑郁惆怅，诗人纠结于现实，想平静而不能，愈发痛苦。颈联写诗人于半夜坐看露水成团，联想到灾难如潮水，透露出诗人的心绪不宁。尾联上句以佛教用语暗示了诗人对前途的迷茫和矛盾，但下句又将笔锋一转，以"海上飞云"的壮美景色表达了自己对光明的革命前途的期待。整首诗多以佛教词语暗示自己的复杂心境，诗意显得朦胧曲折，须反复体味。

东北杂诗六首（一）

四平街纪游诗

脱粟①新蒸赤豆②香，青芹牛羹试初尝③。
菜根自有真滋味，不辨家乡与异乡。

车轮泥塞响钩辀④，絮褐苍髯⑤冻涕流。
此是穷黎⑥生计划，枣糕切面粟馍头。

庄有名茶铺药材⑦，关东年少贸迁⑧来。
剧怜⑨黑水白山地，坐看红旗映日开⑩。

〔题解〕

　　本诗选自《剑啸庐诗草·补编》。1931年春，王统照应友人宋介之邀到东北旅行，并在吉林省四平街东北第一交通中学任教数月。这三首诗写于1931年4月，时王统照正在该校讲学。该诗初载于1938年10月《文汇报·世纪风》，署名前人。诗人为《东北杂诗》作了这样一段说明："东北杂诗二十三首，皆在旅居寂寥中信笔所写。以旧体诗有现成格律，借以纪感，图省力气。记诸小册子上，幸未遗失，偶一检视，若梦前游，诗固不佳，尚留鸿爪。愧无健笔，壮概，达出山川之雄秀与风物之奇崛耳！相去七年，东北已成他人'禁地'，往迹重游不知何日，烽火留离，尤系怀思！秋夜重录一过，辄掷笔出门望天半明星光作之也。（二十七年九月自跋）"

〔注释〕

① 脱粟：粟，《王统照全集》中为"栗"，《王统照文集》未收此诗，《王统照诗词注评》中为"粟"，此处从"粟"。脱粟，指糙米。
② 赤豆：即"赤小豆"，种子赤色，蛋白质和淀粉含量较高。
③ 某夕在杨君寓食蒸高粱米饭加赤豆，香甜适口，佐以芹菜牛炙，味尤美（作者原注）。
④ 钩辀：鹧鸪鸣声，这首诗里是指独轮车的声音。
⑤ 絮褐苍髯：穿着褐色的粗布衣服，留着苍白的胡须。
⑥ 穷黎：穷苦百姓。
⑦ 商肆以茶叶、药材、粮店等营业最盛（作者原注）。
⑧ 贸迁：贩运买卖。
⑨ 剧怜：剧，厉害，猛烈。怜，怜悯。剧怜，特别怜悯。
⑩ 王统照在旅行东北时目睹了日本帝国主义在那里进行的疯狂侵略。诗中所说的"红旗映日开"即是指挂有日本国旗的火车。

〔评点〕

这组诗描写了诗人初到东北四平街的见闻与感受。第一首，诗人以一种新奇的眼光描写了四平街的特色食物，并赞扬其"真滋味"。第二首诗勾勒了四平街上人民的生活百态,"絮褐苍髯冻涕流"一语道出了东北人民水深火热的生活处境;最后一首先写四平街上繁华的贸易往来,与前面百姓的穷苦形成对比。最后一句则以"坐看红旗映日开"表达了诗人对日本帝国主义侵略的愤恨,洋溢着浓浓的爱国之情。整组诗偏重于记事,每一首都选择了一个事物或场景进行切入,以小见大,勾勒出东北的社会图景。语言通俗富有生活气息,但在平实的叙述中又隐含着诗人的爱憎。

北国四首

一

北国春寒雪未消，驿程^①温梦过西辽^②。
略知边塞风霜苦，飞度荒原又此宵。

二

处处风翻红日旗^③，残山剩水认依稀^④。
博服异语^⑤三千里，岂待他年事可知^⑥。

三

铁网^⑦纵横贯北州^⑧，江山莽荡望中收。
火云遥接飞虹影，回首荒边起暮愁。

四　寓滨江某夜中作

江月光昏微月零^⑨，风沙漫漫罩边城^⑩。
荡胸万感难成寐，坐听寒郊夜角声。

〔题解〕

　　本诗选自《剑啸庐诗草·补编》，写于1931年春。发表在

1938年6月《文汇报·世纪风》，题名《北国四首》，署名剑先。诗前有序云："1931年春乘南满车至长春，换中东车转赴滨江。"北国，指东北。1931年春，王统照由四平街乘南满铁路至长春，换中东车转赴滨江。这四首诗就是在由长春到滨江途中和在滨江时写成的。

〔注释〕

① 驿程：旅程。

② 西辽：指辽宁省。四平街过去属辽宁省管辖。

③ 红日旗：指日本国旗。

④ 南满铁道经过处日俄战迹颇多（作者原注）。

⑤ 博服异语：各式各样的服装，听不懂的话语。

⑥ 日人沿南满线与中东线各域站侨居者多，到处有日旗飞扬（作者原注）。

⑦ 铁网：指铁路线。

⑧ 北州：指东北。

⑨ 零：零星，细碎。

⑩ 边城：指哈尔滨。

〔评点〕

《北国四首》是一组记游诗，叙述了诗人东北之行的见闻和感受，既体现了东北的地域特色，又表达了诗人忧国忧民的爱国情怀，风格沉郁。第一首主要描写了诗人北上沿途的景观和感受，一、二句交代了北国旅行的时间、地点、气候以及东北恶劣的环境，表现了在日本帝国主义的侵略下，东北呈现一片荒凉破败的景象，流露出悲凉之感。第二首同样描写了诗人东北旅途的所见所思，但关注的重点不再是自然环境而是社会环境。诗人描写了日本侵略者蹂躏东北的情形，结尾以反问句对东北沦陷的局面发出了议论，表达了诗人面对国土即将沦陷时内心的痛苦与愤懑，感情浓烈，发人深省。第三首诗形象地反映出东三省铁路交通被日本垄断，成为其掠夺工具的事实，体现出东北战火遍地、山河破碎、战争一触即发的紧张局势以及诗人悲愤的心情，全诗情景交融，耐人寻味。第四首诗写于哈尔滨的松花江畔，描绘的是北国春江夜色：月光昏暗，江水浑浊，水中月影更是零星细碎。由此反映出诗人心中的苦闷与惆怅。结尾既体现了他面对如此社会现实的无奈和痛苦，也隐含了一种"蓄志待时"的抗争意识。整组诗语言自然晓畅，将叙事、写景、议论、抒情相结合，情感表达得淋漓尽致。

东北纪行

日月催行役①，艰危念此时。
途迷往日迹，文悔少年知②。
救国愁乏术，抒辞意亦疲③。
低头重自省，惆怅鬓边丝。

〔题解〕

本诗选自《剑啸庐诗草·补编》写于1931年初夏。编者注云："《东北纪行》组诗作于1931年初夏，自四平街返关内途中。当时作者应友人邀在吉林省四平街东北第一交通中学任教数月，并旅行各地，目睹东北沦亡的危险，进一步激发了抗日的思想感情，归来写了不少诗文，如散文集《北国之春》等。这一年秋发生了"九一八"事变，东北沦陷。"

〔注释〕

① 行役：指王统照的东北一行。[唐]杜甫《别房太尉墓》："他乡复行役，驻马别孤坟。"

②1937年6月，王统照在《王统照短篇小说集·序》中曾提到《东北纪行》这首诗的创作背景，谓："终不免暴露出自己彷徨的情绪，但第四句却绝非饰语。并不像许多作者有什么自以为伟大的作品，因之对于少年时的文

章感到幼稚可羞。因为那时我曾眼见东北的城市,原野,森林,山河,都在敌人的铁骑下践踏着,漠漠风沙,惴惴心情,交合成一支悲哀的曲子,归途中有无限的感触!想想自己,把过去的年华徒埋在书册文字里,'虚名'自误,到底于多难的国家有何裨益,于混沌的人生有何启示?所以在这首旧诗中,有第五六句的衔接也非无病呻吟。"

③抒辞意亦疲:指写文章抒发感想没有灵感与生气。

〔评点〕

事实上,《东北纪行》从总体上概括了王统照东北之行的感触和写作的心态,颇具代表性。首联就直接表明了诗人在民族危亡之际,对祖国前途命运的深切忧虑。"迷途往日迹,文悔少年知"这一联,体现了诗人在思想观念上的重大变化。"迷"和"悔"字表现了王统照的自我反思与否定。"五四"时期,王统照在北京求学,那时他曾接受了叶芝和泰戈尔两位作家关于"爱的哲学"的影响,认为"爱与美"可以解决社会问题,使人类走向光明和美好。然而东北之行打碎了这种不切实际的幻想,使他的思想产生了变化。颈联就表明了诗人作为一个知识分子,为自己不能在山河危殆之时贡献自己的力量而感到无奈和痛苦,这种情绪在王统照青少年时期就有所表露。那时他常常为自己只能埋首读书而不能改变祖国的命运而忧郁。在目睹了东北沦亡的惨状后,这种情绪更为浓烈。尾联再次抒发了诗人心中的愁苦,整首诗语言精练质朴,不仅洋溢着浓浓的爱国主义情怀,也袒露了王统照作为知识分子的心声。

朔风五首(选二)

一

朔风初劲动韩边①,三郡②山河破碎间。
横海楼船③冲日出,飙轮④磷火压青斑。
图吴雪耻⑤时从急,存楚同仇⑥力未屠。
落木声中笳鼓竞,几人托梦在刀镮⑦。

四

沴戾⑧秋风万籁催,沧波落日此登台⑨。
江流巨浸⑩东南圻⑪,烽警九边⑫草木哀。
海外辩才空简册⑬,神州生气网风雷⑭。
嚣嚣和战皆非日,蒿目⑮中原付草莱⑯!

〔题解〕

本诗选自《剑啸庐诗草·补编》,写于1931年秋,发表于1939年2月《鲁迅风》第6期的《旧诗偶录》总题之下,署名剑先。时"九一八事变"之后,王统照刚从东北回青岛不久,遂作这组诗,这里选其中两首。

〔注释〕

① 韩边：指朝鲜边境，这里指"万宝山事件"。万宝山事件是"九一八事变"前日本帝国主义不断挑起事端，寻找武装侵占中国东北的借口而蓄意制造的。日军利用侨居在长春附近万宝山的朝鲜人与当地农民因租地挖渠引起的冲突，以保护朝鲜人为由，开枪镇压中国农民，打伤多人。日本事后反而颠倒事实，在朝鲜大肆宣传华人排斥朝鲜人，在朝鲜煽动了一场骇人的暴力排华事件。

② 三郡：指辽宁。辽宁即汉代辽东、辽西、右北平三郡地。

③ 横海楼船：指日寇的兵舰。

④ 飙轮：指火车。

⑤ 图吴雪耻：指越王勾践卧薪尝胆、雪耻灭吴的典故，出自《史记·越王勾践世家》。

⑥ 存楚同仇：同仇敌忾，指刘邦和项羽联合起来借楚国的名义共同对抗秦国。

⑦ 镮：通"环"。刀镮，指武器。

⑧ 泬寥：空旷清朗。

⑨ 沧波落日此登台："东北事变后某夕，予往××台访友，苍茫独立，万感叠生，沧波返照，秋气萧瑟，低首迟回，故有此作。"（作者原注）

⑩ 巨浸：大水，水海。

⑪ 坼：裂开。

⑫ 九边：明朝北方九个军事重镇的合称。

⑬ 海外辩才空简册："辩才"，能言善辩之人。"简册"，本义为编成册的竹简，这里指报刊与书籍。这句话的意

思是说国外帝国主义的辩护士们,翻遍了书报杂志,挖空心思地为日寇侵华大造"合理"的舆论。

⑭ 此句化用龚自珍《己亥杂诗》"九州生气恃风雷"句,反其意而用之。

⑮ 蒿目:极目远望。《庄子·骈拇》:"今世之仁人,蒿目而忧世之患。"后因以称忧患世事为"蒿目时艰"。

⑯ 草莱:杂生的丛草,形容一片荒凉的景象。

〔评点〕

  第一首,首联以"朔风初劲"暗喻日本侵略者的疯狂与嚣张,言其已经侵入了我国东北边境,东北三省已是岌岌可危。紧接着,颔联描写了日寇的来势汹汹,着重描写了东北沦亡的危急形势。颈联表明了杀敌报国的决心,诗人化用典故发出呼喊,中华儿女要团结一致与敌人抗争到底,保卫国家,早日一雪前耻。尾联以萧瑟的秋景衬托诗人的惆怅,并表达了诗人对国民党采取的卖国投降政策的讽刺与批判,愤懑忧伤之中也不乏无奈之情。第四首是诗人在青岛海边与友人登高望远,看到山河破碎的景象有感而作。首联展现了一个登高远眺、忧国忧民的爱国知识分子形象。颔联描写了诗人如此忧愤的原因,即东北正遭受日军的蹂躏,战火纷飞,山河破碎,连草木都感到哀伤。颈联讽刺了日军想方设法为侵华寻找"合法"的理由,表达了诗人对帝国主义的谴责和控诉,愤怒之情溢于言表。尾联上一句无情揭露并批判了当局者的不抵抗政策,下句"蒿目中原付草莱"与首联"沧波落日此登台"相呼应,写诗人望着大好河山被侵略的凄凉之景,心中悲愤交加,感慨不已。

槭槭七章（其一）

高言理术敷^①华腴^②，眼底"清流"^③号易洁。
多少俊厨^④空辩说，可知时事在矜锄^⑤？

〔题解〕

　　本诗选自《剑啸庐诗草·补编》，是旧体组诗，写于1931年秋，发表于1939年3月22日《鲁迅风》第10期，总题为《旧诗偶录》，署名剑先。这里选第一首。槭槭：象声词，风吹叶动声。面对日本帝国主义侵略东北的暴行，国民党政府却坚持"攘外必先安内"的反动政策，对外不抵抗，对内进行镇压，激起了全国人民的抗日反蒋高潮，此诗便是写于这样的历史背景下。

〔注释〕

① 敷：涂上，铺开，覆盖。
② 华腴：衣食丰美，引申为文辞的华美。这里指统治阶级的花言巧语。
③ "清流"：清澈的流水，喻指德行高洁富有名望的士大夫。这里指那些不关心国家存亡，只会高谈阔论的所谓清高之士。
④ 俊厨：东汉时士林有八俊八厨之称（作者原注）。东汉

时的八俊，指八位才智过人之士，他们是：李膺、荀翌、杜密、王畅、刘祐、魏朗、赵典、朱寓。八厨，指八位乐善好施者，他们是：度尚、张邈、王考、刘儒、胡毋班、秦周、蕃向、王章。俊厨在本诗中指30年代初期社会上那些所谓的有识之士。

⑤矜锄：矜锄皆农具（作者原注），本诗中指武器。

〔评点〕

  这是一组政治诗，表达了诗人对日本帝国主义的愤怒和对国民党反动政府的不满。这里选取的第一首，第一、二句尖锐批判了"九一八事变"之后，国民党上层人物以及一些所谓的清高之士在国家危难之际表里不一，为反动统治者的投降卖国政策大造舆论的卑劣行径。第三、四句，诗人对那些"俊厨"发出铿锵有力的质问：国家危亡，你们可知只有拿起武器反抗才能拯救国家的道理吗？一针见血，痛快淋漓，激愤之情很容易引发读者的共鸣。

寄怀一侠宜昌

海隅寂处①日惊心,难忘中原寇盗②侵!
烽火南天空战迹,江流白日动商音③。
旧游豪俊十方散④,此意飘零万感喑⑤!
云树巴陵⑥愁眺望,春光先到绿江浔⑦?

〔题解〕

本诗选自《剑啸庐诗草·补编》,1932年3月写于青岛,初发表在1938年7月《文汇报·世纪风》,署名剑先。一侠、宜昌皆为王统照的旧友。

〔注释〕

① 海隅寂处:海边寂静的住处,指王统照在青岛的旧居观海2路49号。
② 寇盗:指日寇。
③ 商音:五音之一,亦指旋律以商调为主音的乐声。其声悲凉哀怨。[晋]陶潜《咏荆轲》:"商音更流涕,羽奏壮士惊。"
④ 与一侠及同学诸友十余年未见矣(作者原注)。
⑤ 喑:不说话。[清]龚自珍《己亥杂诗》:"九州生气

恃风雷,万马齐喑究可哀。"

⑥ 云树巴陵:云树,比喻朋友阔别远隔;巴陵,郡名,旧县名,即今湖南岳阳。云树巴陵,指思念远方的朋友。

⑦ 浔:水边。

〔评点〕

　　这首诗虽是一首寄怀友人之作,但除了表现诗人与朋友的深情厚谊,更体现了对国家内忧外患的担忧和焦虑。首联和颔联就直接描写了国内紧张的局势。诗人虽偏安一隅,但仍时刻关注时局,看到日寇入侵,遍地烽火,商音弥漫,心中止不住哀伤。回忆起以往与朋友们意气风发挥斥方遒,再想起如今天各一方四处漂流,内心更是百感交集,无话可说。今昔对比使得诗人内心忧愁更甚,望着远方,诗人不禁问"春光先到绿江浔",看似是在企盼春光,实则是对祖国和平的渴望。整首诗并不局限于怀念朋友,而是通过怀友来表现对黑暗现实的无奈与痛苦。前半部分语调较为高亢,体现出对日寇的憎恨与国家危亡的愤懑。后半部分则变得哀婉,更多表现为惆怅和无力。

夜与知非笑谈山海关战事感赋二首（其一）

警讯频传失地来，故知时势郁风雷①！
烽烟荒塞②流民尽，堡垒雄关待寇开！
积骸③中原成万劫，沸波横海又此回④。
燕云⑤莽莽斜阳里，回首江南事更哀！

〔题解〕

　　本诗选自《剑啸庐诗草·补编》，约写于1933年，初发表于1938年7月22日《文汇报·世纪风》，署名剑先。山海关战事，1933年1月2日至3日在山海关一带东北军第九旅阻击日本侵略军的战斗，是抗日战争初期的主要战斗之一。此次战斗因国民党军队奉行不抵抗政策，最终导致山海关的沦陷，日军由此从关外进入到关内。知非，王统照的友人。

〔注释〕

① 郁风雷：郁，忧郁，此处指愁郁、郁结；风雷，急风暴雨。郁风雷，这里指动荡不安的时局。
② 荒塞：指东北三省。
③ 积骸：尸骨堆积。《后汉书·酷吏传序、论》："故乃积骸满阱，漂血十里。"

④ 此句化用"一夫出死，千乘不轻"，语出《淮南子·说林训》："鸟有沸波者，河伯为之不潮，畏其诚也。故一夫出死，千乘不轻。"谓如一人决死而战，虽然拥有重兵也不敢轻视。这里指祖国再次历劫。

⑤ 燕云：燕，旧时河北省的别称。燕云，此处指中国北方。

〔评点〕

这首诗以悲愤的笔调描写了日寇侵华东北沦丧的局面，首联开门见山，指出日本侵略军陆续占领了东北三省，局势十分危急！颔联和颈联描绘了东北被蹂躏的惨状：荒原上战火纷飞，遍地流民，血流成河，而就在这种情况下，国民党军队依然奉行不抵抗政策，任凭日寇践踏国土，实在可恨！尾联则以"回首江南"与此景做对比，诗人内心更加悲哀。全诗情感激荡，气势如虹，三个感叹号表明了诗人内心翻江倒海，体现了他对日寇和反动政府的愤慨，也抒发了他面对山河破碎的现实，内心悲凉不已。这首洋溢着浓浓爱国主义情怀的诗作，直追陆放翁爱国悲怆之作的雄奇与苍凉。

船行南海中见海燕

呢喃①娇啭②双飞燕,浩荡能驯万里波③。
故国④芳郊初剪影,客程远棹⑤乍闻歌。
天涯传语能无感,海外倾情奈尔何?
欲把游踪凭问讯,小园春色日添多。

〔题解〕

本诗选自《剑啸庐诗草·补编》,写于1934年3月17日,原载于《欧游散记》(1939年开明书店初版)。据王立鹏《王统照诗词注评》释,1933年9月,王统照的长篇小说《山雨》由开明书店出版,因作品描写了国民党统治下北方广大农村凋敝、农民破产的现实,揭示出"山雨欲来风满楼"的革命形势,出版后即被禁止发行,作者也上了黑名单。1934年2月,王统照为了躲避国民党反动当局的人身迫害,从上海乘直达威尼斯的康脱柔佛号邮船自费去欧洲考察、游历。此诗是他离开国土船行南海时所作。

〔注释〕

① 呢喃:燕子叫的声音。
② 啭:鸟鸣婉转。〔北周〕庾信《春赋》:"新年鸟声千种啭,

二月杨花满路飞。"

③ 此句化用杜甫《奉赠韦左丞丈二十二韵》中"白鸥没浩荡,万里谁能驯"句意。

④ 故国:祖国,故乡。[唐]曹松《送郑谷归宜春》:"无成归故国,上马亦高歌。"

⑤ 远棹:远航的轮船。棹,摇船的工具,也指船。

〔评点〕

　　这是一首写景咏怀诗。诗人通过描写海上所见的海燕,表达了海外游子对祖国、亲人的深切怀念和远走异国他乡的寂寞惆怅。诗的首联便展现了一幅广阔的画面:浩浩荡荡的海面上,波涛滚滚,一望无际,此时燕子的呢喃给静谧的大海增添了一股生气。接下来诗人笔锋一转,将眼前的海燕看作是故国芳郊的春燕,由此勾起了诗人对祖国和亲人深深的思念之情。颈联则描写诗人在内心与海燕对话,将心中之情与之倾诉,希望它能为自己传递信息,带来故国的春色。整首诗以细腻的笔触描写了海燕的优美身姿,极富诗情画意,又用拟人化的手法写海燕与自己对话,既充满趣味,又充分表达了诗人面对压迫远离故国的复杂感情。

三月十九日夜

繁星玄海①荡空明,一线沧溟②纪旅程。
海外风云萦客梦,城中③锋镝④苦苍生。
低吟恐搅蛟龙睡,微感能无儿女情?
独立船头思渺渺⑤,夜深唯见乱云横。

〔题解〕

　　本诗选自《剑啸庐诗草·补编》,写于1934年3月19日,是诗人为躲避国民党追捕,远行异国途中,夜晚独立于船头面对苍茫的大海,触景生情而写下的七律。

〔注释〕

① 玄海:黑色的海。这里指繁星下黑沉沉的大海。
② 沧溟:苍天、大海。[唐]贾岛《送蔡京》:"登封多泰岳,巡狩遍沧溟。"
③ 城中:这里指中国,诗人的故乡。
④ 锋镝:锋,刀刃;镝,箭头。锋镝,泛指兵器,也指战争。
⑤ 渺渺:形容悠远、久远。[宋]王安石《忆金陵》:"想见旧时游历处,烟云渺渺水茫茫。"

〔评点〕

　　这首诗首联写诗人所看到的海上夜景：海面上风平浪静，一片黑沉沉的样子，天空繁星点点，邮轮航行在海面上激起一道道波纹。这一画面充满了静谧压抑的氛围，流露出诗人内心远离家国连日奔波的疲惫、孤独和悲凉。接下来，颔联直接表明了诗人心绪如此的原因：诗人漂泊在外，海外风云变幻使人夜不能寐，而祖国大地正战火纷飞，民不聊生。"低吟恐搅蛟龙睡"以形象的比喻进一步抒发了诗人内心的愁苦。面对国家危亡，诗人虽充满了责任感和使命感，奈何自己作为一介知识分子，实在有心无力。最后，诗人独立船头，思绪万千，只能遥望祖国，将内心的离愁别绪与爱国情怀统统寄于大海。整首诗压抑但不颓废，悲伤但不绝望，字里行间的情绪十分真挚感人。

自罗马寄

雨丝风片送征途，幽丽①山川重感予②！
故国清明已过了，路傍桃李笑人无③！

飘零异国念清虚④，荡桨春宵笑语殊。
今日飙轮风雨里，水都才过又花都⑤。

〔题解〕

本诗选自《剑啸庐诗草·补编》，写于1934年4月，初载于《欧游散记》。罗马，意大利首都，世界文明的起源地之一。从8世纪起，成为天主教中心。城内矗立着凯旋门、纪念柱、科洛西姆竞技场、潘提翁神殿等世界闻名的古迹。王统照20世纪30年代在欧洲旅游期间曾在罗马观光多日。

〔注释〕

① 幽丽：幽雅美丽。
② 重感予：这里的语序应为"予重感"，为了诗歌押韵，代词"予"后置。我重新感受到的意思。
③ 沿道花开，山陵起伏，如行江南通道中（作者原注）。
  桃李笑人无：化用"人面桃花"典故。[唐]孟棨《本事

诗·情感》载：唐代书生崔护年轻时进京赶考落第，于清明日独游长安城南，在一桃花盛开的庄园内见到一名漂亮的女子含情脉脉。第二年清明再访，却未见到这名女子。于是崔护题诗于门上："去年今日此门中，人面桃花相映红。人面不知何处去，桃花依旧笑春风。"在这首诗里，王统照的言外之意是，去年清明诗人在故国春游，而今清明已过，自己却远在异国他乡。而故乡的桃李依旧姹紫嫣红，恐怕要笑自己漂泊异国了。

④ 清虚：此处是清静、寂寞的意思。

⑤ 水都指威尼斯，花都指翡冷翠（作者原注）。

〔评点〕

　　第一首，诗人以细腻的笔触描绘了罗马美丽的自然风光，并由此联想到了故国江南如诗如画的风景。一、二句写诗人在风雨中游览了罗马古城，感受了其幽雅美丽的风景。三、四句笔锋一转，由罗马的春色回忆起了去年清明在故国江南春游的情景，想起自己如今独自在海外飘零，心中不禁惆怅万分。第二首，写诗人在意大利游览了古城罗马后，又来到了水都威尼斯、花都翡冷翠。第一句就写诗人周围虽环绕着欢声笑语，但是自己仍感到孤寂。一个"殊"字，道出了诗人内心的不适与孤寂。周围的欢乐与自己的惆怅形成了鲜明对比，突出了海外游子的复杂心绪。紧接着，诗人在风雨中离开了水都又到了花都，"风雨"暗示了王统照一路漂泊的艰辛，"才"和"又"体现出诗人风雨兼程的疲惫，透露出对故国和亲人的思念。

雪莱墓上

颓垣^①环绕露松梢,曲径通幽长碧蒿。
永妥^②诗魂眠佳地,时来游子奠香醪^③。
夜莺仍唱《西风曲》^④,大梦常浮南国涛。
坐对斜阳空怅望,远钟传响暮烟交。

〔**题解**〕

本诗选自《剑啸庐诗草·补编》,写于 1934 年 4 月 16 日,载 1940 年 2 月 15 日《南风》第 2 卷第 4 期。雪莱,英国浪漫主义诗人,早年受 18 世纪启蒙思想和英国激进民主派、空想社会主义者葛德汶的影响,曾参加爱尔兰反对英国统治的民族解放运动。雪莱反抗封建专制为自由而战的精神,深得王统照的仰慕,因此欧游时王统照特地瞻仰了雪莱墓。

〔**注释**〕

① 颓垣:垣,矮墙。颓垣,倒塌的墙。
② 永妥:妥,安。永妥,指永远安眠。
③ 香醪:醪,本义指汁滓混合的酒,即酒酿,引申为浊酒。香醪,指味道醇香的美酒。
④《西风曲》,雪莱著名诗篇,一般译为《西风颂》,雪

莱抒情诗的代表作。全诗共五节，始终围绕作为革命力量象征的西风来加以咏唱。诗篇表达了诗人对反动腐朽势力的憎恨，对革命终将胜利和光明必将到来的热切希望和坚定信念。

〔**评点**〕

　　王统照在大学期间接触了大量的西方文学作品，英国诗人雪莱是他尤为崇拜和敬仰的一位。其作品中反抗专制独裁、追求自由与光明的主题，与身处于乱世之中的王统照的内在精神是相契合的。首联二句描写了诗人来到雪莱墓前看到的景色，墓地周围是断壁残垣，曲径通幽处长满了青藤与蒿草，显得幽静肃穆。接下来的两句写诗人远渡重洋来到雪莱的长眠之地，以美酒祭拜雪莱，体现了他对伟大诗人雪莱的敬仰与哀悼之情。五、六句写虽然雪莱已长眠地底，然而他的名篇《西风颂》中的伟大力量仍鼓舞着中国人民反抗黑暗的旧社会，追求自由与光明的世界。最后两句以景作结，夕阳西下，诗人坐在墓地前沉思，远处教堂的钟声和暮云烟霭交织在一起，声色相融。这种诗意的氛围和诗人此时的惆怅相得益彰。整首诗语言质朴，感情真挚，情景完美相融，韵味无穷。

自日内瓦寄

异乡晓梦觉啼莺,绿树春阴绕水城。
云里雪峰呈幻彩,湖边垂柳系离情。
中原烽火惊传讯,湖上坛坫[①]负旧盟[②]。
独对清波羞照影,空怀飞动负平生。

〔**题解**〕

本诗选自《剑啸庐诗草·补编》,写于1934年4月27日,选自《欧游散记》。日内瓦,国际名城,在瑞士日内瓦湖西南,拥有美丽的湖光山色。此外还有宗教改革纪念碑、圣·皮埃尔大教堂、卢梭博物馆等著名历史景点。日内瓦是第一次世界大战后的国际联盟所在地,后许多国际机构均设立于此。

〔**注释**〕

① 坛坫:古代诸侯会盟的场所。[西汉]司马迁《史记·鲁仲连邹阳列传》:"桓公朝天下,会诸侯,曹子以一剑之任,枝桓公之心于坛坫之上。"

② 旧盟:国际联盟总部设在日内瓦,许多国际间的条约都在日内瓦签订。但实际上等于虚设,强者随时可以破坏条约。

〔评点〕

　　这首诗描写了诗人离开意大利后,来到日内瓦所看到的景色。开头的"异乡"即日内瓦,诗的前半部分细致描绘了这座城市的别样风情:晴朗的早晨,莺啼声声悦耳,城中绿树环绕,春阴弥漫在这座水城之中,如梦如幻。远处的山峰穿过云雾,在阳光的照耀下显得五光十色,湖边的垂柳随风摇曳,风姿翩翩,勾起了诗人在外漂泊的离愁别绪。诗人描绘的这幅美景视野开阔,层次分明,兼具视觉和听觉效果,动静结合,呈现出立体感。接下来诗人由眼前所见联想到了故国,中原大地正烽烟四起,国土沦陷的消息令人震惊和痛心。然而,诗人始终心系祖国安危,胸中的浩荡之情溢于言表。整首诗前半部分写景生动细腻,充满诗情画意,意境优美。后半部分写忧国忧民之情,慷慨悲愤,"美景"与"忧情"构成了一种反衬效果。

一九三六年九月中旬游黄山，某日晚登狮子林后之清凉台，得诗二首（其一）

早登莲萼顶①，向晚到狮林。
平稳千峰秀，遥临大壑阴②。
秋松涵③暮碧，夜深定禅心④。
窗外风涛起，惊回梦里身。

〔题解〕

本诗选自《剑啸庐诗草·补编》，写于 1936 年 9 月。据王立鹏《王统照诗词注评》释，1936 年春，王统照到上海就任大型文艺月刊《文学》的主编，7 月，他正式主编《文学》。不久，他参加青年会黄山游行团，并在 9 月中旬游历了黄山，随后作诗二首，这里选其中一首。

〔注释〕

① 莲萼顶：即莲花峰，黄山的一座山峰。

② 大壑阴：山谷中阴雾浓重。

③ 涵：包容，包含。

④ 禅心：佛教用语，指清静寂定的心境。［宋］黄庭坚《听崇德君鼓琴》："禅心默默三渊静，幽谷清风淡相应。"

〔评点〕

　　这首诗是诗人游览黄山之后吟咏而成，描写了黄山壮丽的景色。首联以简洁明快的语言叙述了诗人的游览行程：早上奋力登上了莲花峰，饱览峰顶景色，黄昏时则来到了狮子林，平淡之中透露出诗人愉快的心情。接下来三、四句从不同角度描绘了黄山的景色，千峰在云雾中若隐若现，遥望远方，峡谷被阴雾笼罩，宛若仙境，景色可谓奇丽。五、六句将目光转向山上的"奇松"，山上秋风习习，苍松挺拔，似将暮色也染成绿色。一个"涵"字生动地写出了秋松与暮色连成一片的秀丽景色，用笔传神，想象奇特。在如此夜幕中，诗人"定禅心"，别有一番滋味。最后两句写诗人求"静"却被风涛声惊起，颇有出其不意之感。整首诗语言平实而不失精当，情景相融，虽描写的是秋景，却少了以往的惆怅，而多了一些明快。

无 闷

雾拥江波回荒渡，吹遍江头①血雨。望楼台灰烬，儿女尘土。应忆佳节双十②，廿六番③，难挽年华住！战云莽莽。江南，塞北，烽火高举。

尔予④，莫迟误。要整顿全神，永固吾圉⑤！任铁骑⑥飞驰，铁机⑦空舞。拼得同心抗敌，是健者，羞为人奴虏！看此日血荡神州，觅得国魂⑧来处！

〔题解〕

本诗选自《剑啸庐诗草·补编》，写于1937年，发表在1937年8月24日上海《救亡日报》。"无闷"，词牌名，又名"闺怨无闷"。以［宋］程垓《无闷·天与多才》为正体，双调九十九字。1937年7月7日，日军向卢沟桥一带中国军队开火，中国守军第29军予以还击，全面抗日战争开始，史称"七七事变"。而1911年10月10日，武昌起义的将士们打响了辛亥革命的第一枪。如今面对日本帝国主义的疯狂侵略，中国人民更要奋起反抗。有感于此，王统照写下了这首词。

〔注释〕

① 江头：江边，江岸。［唐］杜甫《哀江头》："江头宫殿锁千门，细柳新蒲为谁绿？"
② 双十：指1911年10月10日武昌起义，从而打响了辛亥革命的第一枪。
③ 廿六番：从武昌起义到抗战爆发，正好是二十六年。
④ 尔予：你和我。
⑤ 吾圉：我们的国土、我们的边疆。
⑥ 铁骑：指日寇的骑兵。
⑦ 铁机：指日寇的飞机。
⑧ 国魂：国民的精神，民族精神。这首词里指中华民族的反帝爱国传统。

〔评点〕

这是一首饱含血泪的爱国之作。词的上阕首先描绘了战争爆发后狼烟遍地的惨状，并由此回忆武昌起义的壮举，不由感叹岁月如梭，心生遗憾。下阕则表现了词人号召人民战斗的勇气与决心，诗人由今忆昔，发出了鼓舞人心的力量："要整顿全神，永固吾圉！"体现了中国儿女的爱国精神。这首词语言激昂，铿锵有力，情感高亢充沛，具有鼓动人心的力量。同一时期王统照还写了与之类似的新诗《上海战歌》，谓："为民族，为我们的苦难者，我们还将一江血水还报敌人！"新旧两首诗词恰恰形成一种呼应，皆极富战斗气息，表现了他高昂的抗战热情和坚定的信念。

南北(其一)

南北烽烟一例高①,江头②怒战动秋宵。
国魂③此日终招得,血债当年有偿销!
岂惧风尘昏百里,同将生死等秋毫④。
莫抛感逝伤离泪,留与健儿洗战袍!

〔题解〕

　　本诗选自《剑啸庐诗草·补编》,写于1937年9月2日,与另一首《夜战声中怀东斋并示昨非兄弟》同时发表在1937年9月28日《救亡日报》上。诗后附有诗人写下的一段说明:"《救亡日报》函催文稿,并谓如有旧体诗亦可。此何地,何时,我们把笔呻吟已深惭愧,何况刊布出来与读者共览!但'言为心声',有激切悲壮的诗文,虽在这血花飞舞、惨酷严重的时代也不是无一点点的兴观启发的效果。诗歌最易传达直接的热情,最易使人受感。历史上多少次对异族的战争已给我们留下了不少的佳作。直到现在,读陆剑南的'北望中原泪满巾,黄旗空想渡河津。丈夫穷死由来事,要是江南有此人!'与杜少陵的《悲陈陶》《悲青坡》《哀江头》诗作,尚能令人兴壮往之思,增抗敌之感,此外更不须多作引证。"

〔注释〕

① 这句诗是说上海与华北一样,也遭日寇进犯。"七七"事变后,日寇大举侵犯华北、东北,中国人民的全面抗战爆发。
② 江头:黄埔滩头,指上海正在展开"八一三"抗战。
③ 国魂:中华民族的斗争精神。
④ 秋毫:本义指鸟兽在秋天新长出的细毛,喻细微之物。

〔评点〕

在抗日救亡的时代号角下,王统照写了大量的新诗和旧体诗词宣传抗日救国,振作民族精神,这首旧体诗便是其中之一。诗的首联直接呈现了中国大江南北烽烟四起、炮火纷飞的紧张局势,使人仿佛身临其境,看到了中国大地上的厮杀。接着,诗人以感叹句表达了广大中华儿女誓死保卫国家、坚决抗战的决心,其中展现的是铁骨铮铮的英雄儿女形象。颈联以铿锵的誓言表示早已将生死置之度外,不畏一切,表现出强烈的鼓动性,激发人们抛头颅、洒热血的抗战热情。最后两句"莫抛感逝伤离泪,留与健儿洗战袍"则传达出一种革命乐观主义精神,期待着全民凯旋的日子。整首诗节奏紧凑,气势如虹,激情四射,如同战鼓一般给人激动人心的力量,正是时代的战歌。

三岁二首（其一）

三岁匆匆夜不阑①,壮怀萧瑟落江关。
低头敢谓逃兵穴,揽涕②独知历苦寒。
何处草堂③容啸傲④,羞凭清醪⑤浸悲欢。
劲风大雪消⑥此夜,冻合山川战血斑。

〔题解〕

本诗选自《剑啸庐诗草·补编》,写于1940年2月,初载于1940年2月2日《大美报·浅草》,署名容庐。抗战爆发到此时,正好是第三个年头,所以题名为"三岁"。据王立鹏《王统照诗词注评》释,整个抗日战争时期,王统照都是在上海度过的。特别是1940年前后,是王统照在上海十年中最为艰苦的时期,因为日伪对上海的进步文化人士进行惨无人道的迫害。这时,王统照不仅精神上苦闷,而且生活上困窘。他典衣卖书,常以瓜菜充饥,但意志却非常坚强,宁愿饿死也不向敌人屈节。

〔注释〕

① 阑:残,将尽。
② 揽涕:挥泪。[清]徐枋《别诗》:"恐伤游子心,揽涕不敢下。"

③草堂:退隐自乐之所。

④啸傲:超逸不拘之貌。[晋]陶潜《饮酒》:"啸傲东轩下,聊复得此生。"

⑤清醪:指清酒。[宋]司马光《归田诗五首》:"清醪迎社熟,鸣雉向春肥。"

⑥消:消磨,挨过。

〔评点〕

  这首诗是诗人在抗战时期被困"孤岛"所作,抒发了诗人的抑郁愁苦之情。首联写不知不觉抗战已经三年了,然而自己抗敌救国的壮志却没有实现,只能困于一隅虚度年华,"壮怀"本是抽象的概念,然而诗人用"落江关"形象具体地写出了诗人志向的低沉。接着,"揽涕""历苦寒""羞凭""浸悲欢"等字眼都道出了诗人在被困时期的艰难处境和心中悲苦,诗人无可奈何只能借酒消愁。"何处草堂容啸傲"则体现了诗人在乱世中没有自由,渴望寻求一片安静祥和之处的期许。最后两句,诗人在漫天风雪中度过漫长黑夜,这恰恰是王统照现实处境的暗示,但诗人并未就此沉沦,"冻合山川战血斑"体现了诗人抗战到底的决心。就算在如此恶劣的局势下,诗人仍然期待着革命的胜利。整首诗字字泣血,让我们看到了知识分子在抗战时期的心酸悲苦,真挚感人。

夏丏翁羊毛婚唱和诗

青庐①彩帨②忆年华,白首同心望月圆③。
佳喻柔毛符吉媾④,危时傲骨得天全⑤。
常留嬿婉⑥初昏乐,共待生平晚景妍。
吉日方当冰未泮⑦,暖炉银烛敞欢筵。

〔题解〕

本诗选自《剑啸庐诗草·补编》,写于 1943 年 1 月,初载于 1943 年 9 月 1 日《万象》第 3 期"夏丏翁羊毛婚唱和诗"栏目,署名剑三。夏丏翁,即夏丏尊,名铸,号闷庵,浙江上虞人。中国现代作家、教育家。王统照在诗前的小序中写道:"丏翁结婚四十年,同人仿西俗有贺筵之举,且有诗为证。予病后到店亦诒二律并从原韵藉省寻思。"

〔**注释**〕

① 青庐:古代婚俗,以青布幔为屋,于此交拜迎妇,称青布幔为青庐。
② 彩帨:妇女所用的彩色的佩巾,系于身左。女子出嫁时母亲亲为其系帨,以示告诫,这种仪式叫结帨。
③ 月圆:是日乃阴历腊月望后一日(作者原注)。

④ 易经求婚媾，往吉无不利，而西俗以婚后四十年夫妇同庆者名羊毛婚，故合二义为句（作者原注）。
⑤ 指夏丏尊被日寇拘押期间不屈服、不变节的浩然正气。
⑥ 嬿婉：同"燕婉"，和爱、和美，比喻夫妻恩爱。
⑦ 冰未泮：泮，分离、融化。指当时是冰天雪地的腊月。

〔评点〕

　　王统照被困"孤岛"时期，与在上海开明书店任职的夏丏尊、王伯祥、周振甫等知名人士共同战斗在文艺前线，结下了深厚的情谊。适逢夏丏尊夫妇结婚四十周年纪念日，一众友人以旧体诗唱和祝福。这首诗的开头以"青庐""彩帨"描绘了夏丏尊华年结婚时的热闹场面，烘托出喜庆的氛围，给"羊毛婚"这一西俗点染了中国传统意味，体现出婚礼的中西结合之特色。"白首同心望月圆"，写夏丏尊夫妇风雨同舟，白头偕老，结婚四十年依然夫妻恩爱和睦。颔联不仅点出了"羊毛婚"的吉祥之意，又赞扬了夏丏尊被日寇拘押坚决不变节的"傲骨"。颈联再次描写了夏丏尊夫妇二人依然恩爱如初的美好婚姻，并表达了对抗战胜利后更加光明的未来的愿望。尾联，"冰未泮"不仅是对天气的描写，也隐喻当时依旧黑暗的社会政治环境。但是诗人和好友们依然"暖炉银烛敞欢筵"，体现了他们苦中作乐的乐观与豁达。

忆老舍与闻一多二首（其二）

低头忍复诉艰虞^①，冰雪凝寒散不舒。
四海惊波围古国，万家溅血遍通衢。
声闻闭眼三千劫^②，葭露萦怀^③溯一舻。
渭北江东云树里^④，何时樽酒共欢呼。

〔题解〕

　　本诗选自《剑啸庐诗草·补编》，初发表于1945年10月2、3日《文汇报·世纪风》上，附于散文《老舍与闻一多》之后。作者在文章末尾附言中写道"三十三年初冬草于故都安福胡同客寓"，可知此诗作于1944年初冬，写于上海。"故都安福胡同"字样是为躲避日伪注意。

〔注释〕

① 艰虞：灾荒多、战乱频繁的年月。
② 借用龚自珍之成句（作者原注）。龚自珍《己亥杂诗》："声闻闭眼三千劫，悔慕人天大法王。"声闻，亦作"声问"，音信。言时间过得极快，经历了许多劫难。
③ 葭露萦怀：语出《诗经·秦风·蒹葭》："蒹葭苍苍，白露为霜。所谓伊人，在水一方。"表示对人的怀念之

情。这里表达了对老舍和闻一多的思念。

④ 此句化用唐代诗人杜甫《春日忆李白》中"渭北春天树，江东日暮云"句意。这里指诗人与友人分隔两地。

〔评点〕

　　1930年代，王统照与老舍、闻一多曾共同在山东大学任教，以文订交，建立了深厚的友谊。然而抗战的爆发使友人们四处飘零，令人牵挂。王统照被困"孤岛"，心中抑郁难耐，只能借诗表达自己的思念之情。首联直接描写诗人情不自禁地向好友诉说自己的处境，分享自己的苦与乐，尤其是内心无法排解的抑郁。紧接着颔联便道出了自己这一心境产生的原因，即帝国主义的侵略正是罪魁祸首，"四海惊波""万家溅血"概括了日寇蹂躏祖国的惨状，而"围"和"遍"则一针见血地指出了战争范围之广、惨烈程度之深。面对如此现实，诗人只能化用典故来委婉地表达自己对朋友的思念之情。尾联表达了诗人虽然抑郁，但仍对抗战前途怀有信心，期待着胜利后与友人欢聚的日子。全诗情感层次分明且具有变化，波澜起伏，扣人心弦，颇具感染力。

友人以所植白片朱丝山茶见赠灯前写意

融粉和脂端正妆①,不同凡艳②失轻狂。
空庭寒蕊绕霜候③,掩④幌⑤春宵泛雾光。
叶簇⑥青鸾⑦成绛树⑧,开迎越燕⑨上华堂,
背灯莫怨余香散,清格原无助媚香。

〔题解〕

本诗选自《剑啸庐诗草·补编》,发表于 1946 年 12 月 31 日青岛《民言报·艺文》第 5 期。白片朱丝山茶,花瓣为白色、花蕊为红色的山茶花。这首七律是诗人收到朋友赠送的一株白瓣朱丝的山茶花后,于灯前的即兴写意之作。

〔注释〕

① 融粉和脂端正妆:用白粉和胭脂装饰后的女孩妆容端庄。这里指山茶花姿态端庄。
② 凡艳:平常的鲜艳。
③ 霜候:下霜的季节。
④ 掩:盖过。
⑤ 幌:本义为布幔,这里指夜幕。
⑥ 叶簇:簇,聚集。叶簇,一团团的叶子。

⑦青鸾：传说中凤凰一类的神鸟。赤色多者为凤，青色多者为鸾。[唐]范传正《谢真人还旧山》："白鹿行为卫，青鸾舞自闲。"

⑧绛树：神话传说中仙宫的神树。

⑨越燕：一种燕子，小而多声，颔下紫，又称紫燕，于门楣上筑巢，巢极浅。

〔评点〕

　　这首诗主要以花喻人，通过描写山茶花的颜色、姿态、生长环境等，表现出诗人如山茶花一般的美好品性。首联以化妆后女孩的姿容端庄来比喻山茶花的色泽，红白相间，细笔描绘，形象生动，突出了花朵的纯洁与艳丽。颔联由外而内，描写山茶花品行高洁，不与凡花争奇斗艳。颔联继续描写了山茶花不畏严寒、傲对风雪，在黑夜中静静绽放。颈联将山茶花一簇簇碧绿的叶子比喻成鸾鸟落在神树上，远看又像"上华堂"的紫燕。将静止的植物比喻成动物，不仅想象丰富，而且使山茶花更具灵气。尾联写山茶花在黑暗中散尽余香而毫无怨言，以拟人化的手法再次点明了山茶花不以姿色香味谄媚世人，不随波逐流的高风亮节。当时王统照回青岛不久，国民党政府就想尽办法采取怀柔政策，然而王统照绝不妥协，保持了自己的气节。这里诗人以山茶花自喻，表明自己绝不向敌人屈服的决心。整首诗对山茶花的描写层次分明，语言华美，对仗工整，又以花自喻，格调清标而又含义丰富。

览潘君颖舒所作《王心葵先生传》赋此

海水天风久绝音,卅年旧梦①感飞沉。
朱颜妙语三生愿②,老屋青灯一曲深。
蕴能尘劳融物我,声追雅正失人琴③。
只今重读逸贤传④,寂寥云天万古心。

〔题解〕

本诗选自《剑啸庐诗草·补编》,1945年写于青岛,初发表在1946年12月31日《民言报·艺文》第5期。王心葵(1878—1921),名露,字心葵,号雨帆,室名秋水山房。清末著名的古琴家。山东诸城人。1921年,王心葵病逝于济南,王统照曾写下《吊王心葵先生》以示哀悼。诗中说:"他却有个精致的琵琶,挂在我宿舍的墙下,每在月明透过窗纱时,我似乎从那尘满了的弦上,听到细声的呜咽!"

〔注释〕

① 卅年旧梦:指王心葵先生逝世已经近三十年了,此处为虚指。
② 这一句是指回忆那时王心葵先生面色红润,读佛书,妙

悟三世因果。

③ 失人琴："人琴俱亡"，典出[南北朝]刘义庆《世说新语》："王子猷、子敬俱病笃，而子敬先亡。子猷问左右：'何以都不闻消息？此已丧矣。'语时了不悲。便索舆来奔丧，都不哭。子敬素好琴，便径入坐灵床上，取子敬琴弹，弦既不调，掷地云：'子敬，子敬，人琴俱亡。'因恸绝良久，月馀亦卒。"人琴俱亡形容看到遗物，怀念死者的悲伤心情，常用来比喻对知己、亲友去世的悼念之情。

④ 逸贤传：指潘颖舒所作《王心葵先生传》。

〔评点〕

　　王心葵逝世多年之后，潘颖舒所写的《王心葵先生传》，引发诗人对这位古琴大师的深切怀念，于是写下了这首感人至深的七律。开头以"海水天风"形容王心葵的琴声，既突出了他弹奏古琴时气势磅礴，又渲染了一种奔腾的情感，一个"绝"字体现了诗人再也无法听到这种音乐的遗憾。下句由怀念故人转向自身感受，近三十年的时间，诗人经历了五四运动、北伐战争、抗日战争等，自己辗转漂泊，艰难跋涉，身心俱疲，如今追忆往事百感交集。颔联回忆了当年王心葵红光满面的形象和参悟佛法的超然境界，暗含赞美之意。颈联以历史典故表达了诗人对王心葵这样的音乐大家逝世的惋惜以及悲痛。最后两句写诗人重读先生的传记，心潮澎湃，思绪万千，祝愿先生万古流芳，永远活在人们的心中。本诗抒情与议论完美结合，情真意切，比喻和典故的灵活运用，使意境更为深远。

题画（其一）

历劫重归笔未枯，晴窗点染①费工夫。
丹青岂必临陈迹②，离乱难为纪梦图！
淡月秋林留旧句，荒山夜雨听啼鸪③。
中原何日真平定，旷野澄江万里舒。

〔题解〕

本诗选自《剑啸庐诗草·补编》，约在1945年写于青岛，发表于1947年1月26日《山东新报·文学周刊》。原诗共六首，这里选取第一首。诗前有序云："潍邑丁叔言先生自胜利后难纳地方公费，负债累累，周转无术，又向重信誉，不肯自逸，遂于上岁新历除夕服毒自尽。一时潍邑与青济各报俱有登载，虽详略不同，然以'望六'老人，抗战六七载，不死于日兵若干次'扫荡''包围'之中，竟于胜利后年余，入不敷出，债累无方，以是殒身！此诚中国当前之社会问题。至其一生，兴学、立教，尽瘁地方公益，热诚爱国，旁及诗画俱有成绩。其私德之清严尤非一般人所能及。后日当有详传，兹不赘述。我与叔言先生以至戚而兼良友，三十五年，情谊笃厚。素重其人，不意如此结果！中心哀悼，精神恍惚，'人间何世'，逢此百罹！今将一二年前题画册旧诗数首录出，暂作纪念。暇时当另为文以表悼意。我极少写旧诗,以叔言先生所画山水,题以旧诗似较合适。原不想发表,于今重录不胜凄恻!"此诗是为丁叔言的画册所题。丁叔言(1888—1946),名锡纶,以字行,画家。王统照的姐夫(王慧宜的丈夫),山东潍县的乡绅领袖,善诗文书画。抗战爆发后参加了抗日游击队。

〔注释〕

① 点染:指画画技巧。

② 临陈迹:临摹古代名画。

③ 啼鸪:鹧鸪的叫声。

〔评点〕

这首诗开篇写丁叔言历劫重归后,其画画功力丝毫不减。"晴窗点染费工夫",则是诗人对丁叔言画画的动作和神态的生动描绘,不仅反映了诗人对丁叔言的熟识,同时也间接表现了画家精雕细琢的严谨态度。颔联介绍了丁叔言画作的艺术风格,不临摹古代名画,也不拘泥于西方的唯美主义,这和作者生活在乱世有关。颈联通过白描手法勾勒出丁叔言的画作:淡淡的月光洒在秋林之中,荒山夜雨中传来阵阵鹧鸪的叫声。这恰恰是战争过后的荒凉之景,诗与画完美契合。看着这样的画作,诗人联想到现实,感慨万千,发出了"中原何日真平定,旷野澄江万里舒"的感慨。整首诗既评论了丁叔言的绘画技巧和美学风格,又表达了诗人对黑暗现实的痛恨和对美好生活的迫切渴望。

与予遂重晤海滨，念往抚今，感不能已！以旧体诗二首书赠（其一）

卅载交游迹①，重逢感百端。
乡郊空白骨，寤寐②及华颠③。
贞济④期君重，腾骧⑤任众贤。
休明⑥傥有望，莫惜酒如泉。

〔题解〕

本诗选自《剑啸庐诗草·补编》，约写于1947年11月，发表于1947年11月24日青岛《民言报》。原诗共两首，这里选取第一首。予遂：指范予遂（1893—1983），又名煜遂，化名樊世昌，山东诸城人。早年加入国民党，曾任国民党中央组织委员会委员等职。后任全国政协委员等职。他与王统照中学时代同在山东省立第一中学读书，感情十分深厚。

〔注释〕

① 卅载交游迹：指王统照与范予遂已相识相知三十年。
② 寤寐：寤，醒时；寐，睡时。寤寐，犹言日夜。《诗经·周南·关雎》："窈窕淑女，寤寐求之。"

③ 华颠：白头，指年老。

④ 贞济：谓有辅佐江山社稷之才，可济成大事。

⑤ 腾骧：飞跃，奔腾。［东汉］张衡《西京赋》："负笋业而余怒，乃奋翅而腾骧。"

⑥ 休明：指政局清明。

〔评点〕

　　这首诗是诗人与挚友范予遂在青岛久别重逢有感而发写下的赠诗。首联诗人回顾了与友人相交三十年的时光，重逢时思绪万千，百感交集。首联和颔联写诗人在中学时代与好友激扬文字、挥斥方遒的日子已经十分遥远，这三十年中国社会发生了重大变迁，当年战火纷飞、血流成河、尸骨遍地，诗人与范予遂经常为这般惨烈的现实而夜不成寐，未老先衰。"感百端"三个字概括了种种过往，简明却内涵丰富。颈联以对话的口吻向老朋友提出了自己的美好展望，此时范予遂在国民党身居要职，而王统照是被国民党列入"黑名单"的进步作家。二人虽属不同阵线，但王统照深知好友的正直品性，因此"期君重"，希望他以贤良之才为人民事业服务。尾联则表达了诗人对革命胜利的愿景充满了豪情和信心。全诗语言明白流畅，字字由心而发，真挚感人，风格朴实刚健。

悼佩弦

亲友多零落①,旧齿②日凋丧③。
市朝④互迁易⑤,城阙⑥或丘荒。
坟垅日月多,松柏郁茫茫。
天道⑦信崇替,人生安得长。
慷慨惟平生,俯仰独悲伤!

〔题解〕

本诗选自《剑啸庐诗草·补编》。佩弦,即朱自清,中国现代著名作家。1948年8月12日,在贫病交加中与世长辞。据王立鹏《王统照诗词注评》释,《文讯月刊》第9卷第3期载"朱自清先生追悼特辑",编者前言谓:"朱自清先生的逝世,是一个十分悲痛的噩耗,无论对于识与不识的人,病得那么久,死得那么突然。沉重的负担,刻苦的工作,微薄的自奉,穷苦的岁月,再加上精神的折磨与沉郁,健康消失了,疾病乘隙而来。结果是,丢下了未了的工作和心愿,丢下了一个赤贫的家,丢下了携手共进的患难朋友和千万个仰望他的青年,溘然长逝了。""特辑"上著文悼念的有郭绍虞、郑振铎、叶圣陶、冯至、魏金枝、许杰、任钧、王瑶、王统照等。王统照的文章题为《悼朱佩弦先生》,篇末附有古诗十句。题目为文集编者所加。

〔注释〕

① 零落：凋谢，比喻死亡、飘零。
② 旧齿：老臣、旧臣。这里指旧友。
③ 凋丧：凋谢零落、死亡。在国民党反动派的压迫下，知识分子的处境十分艰难，王统照的一些老朋友，如闻一多、耿济之等皆先后去世。
④ 市朝：众人集合的场所，古时也指集市。这里指世道。
⑤ 迁易：变化、变换。
⑥ 城阙：城门两旁的瞭望阁楼，引申为京城、宫阙。〔唐〕王勃《送杜少府之任蜀州》："城阙辅三秦，风烟望五津。"
⑦ 天道：中国哲学术语，指自然界的变化规律。

〔评点〕

这首诗以极其悲痛的语调，表达了诗人对朱自清先生的哀悼之情。开头一、二句直接写亲友的相继飘零、逝世，透露出悲哀的情绪。伴随着友人的零落，社会也是一片颓景，世道变化之快让人猝不及防，城市荒凉衰败，一片萧条。五、六句，坟墓一天比一天多，而坟墓周围的松柏却茂盛苍劲。这里暗示了朋友虽然一个个去世，但他们的精神却永留人世，诗人以曲笔表达了对友人的怀念。最后四句写诗人面对友人离世的哀伤和无奈。自然有其自身规律，无限更替循环，人类在自然面前十分渺小，生命无法长久。诗人感慨生平，只能独自悲伤。整首诗语言通俗，平淡之下的悲痛直抵人心。除了表达对友人的悼念，更隐晦地暗示了友人逝世的深层社会原因，揭露了现代知识分子的悲凉处境。

云山二首示友人

云山寻梦去,细雨看花还。
廿载①言思外,七情②触拨间。
春归萌甲坼③,衣旧泪痕斑。
诗拙从清病,身疲念未闲。

云树④疑前识,春秋逐奔轮。
青山仍睡意,白发记年新。
忆往或如醉,抚时尚有春。
君应自怡悦⑤,雨雪霁⑥清晨。

〔题解〕

本诗选自《剑啸庐诗草·补编》,约写于1948年。云山,云雾缭绕的高山。

〔注释〕

① 廿载:二十年。
② 七情:佛教以喜、怒、忧、惧、爱、憎、欲为七情。
③ 甲坼:谓草木种子外皮开裂而萌芽。《易经·解卦》:

"雷雨作而百果草木皆甲坼。"孔颖达疏:"雷雨既作,百草果木皆孚甲开坼,莫不解散也。"

④ 云树:高耸入云的树。

⑤ 怡悦:快乐、喜悦。

⑥ 霁:雨雪停止,天气放晴。[唐]杜牧《阿房宫赋》:"复道行空,不霁何虹?"

〔评点〕

1948年,全中国即将迎来一番新天地,这两首诗正是此时诗人内心的真实写照。第一首,诗人登上云山,想起二十年来种种过往,不禁感慨万千。虽然万物复苏的春天已经来临,然而孱弱的身体、过去的曲折经历都让诗人身心俱疲,内心无限忧伤。第二首在情感的表达上来了一个转折,诗人虽然身心遭受了不少折磨,然而新中国成立的曙光就在前面,诗人内心仍有一丝光明。往事虽然不堪回首,但"抚时尚有春",有苦尽甘来之感。"君应自怡悦"既是王统照对友人的安慰,同样也是劝慰自己要保持愉快的心情。"雨雪霁清晨"暗示了黑夜终会过去,黎明一定会到来,体现出诗人的乐观态度。从这两首诗可以看出王统照的性格气质是比较复杂的,一方面,从中学时代起,他就经常表现出清冷忧郁的一面,另一方面,他又有极其热烈高昂的一面,这恰恰是他诗人气质的全方位呈现。

一九四九年初春远行前作

名章俊语①漫雕锼②,眼底艰难笔未留③。
雄健期能驱物象④,呻吟聊与写心忧。
崇光不待东风泛,新绿方欣北国稠。
迟滞莫嫌徂日月⑤,垂条扶质⑥望秋收。

〔题解〕

本诗选自《剑啸庐诗草·补编》,写于1949年春。编者注云:"时中国共产党派地下工作同志迎王统照先生秘密进入山东解放区。先生临行前留这一首诗给家人,并未说明去向。行至市郊沧口一带,因反动军警戒严未获通过,折回后又作《几度》一诗。"

〔注释〕

① 名章俊语:指语言清新、隽永,有文采的文学作品。(一说为郑振铎先生的亲笔信)
② 雕锼:本义指装饰、刻镂,这里指刻意修饰文辞。
③ 笔未留:自己的笔不能留在此地,暗示诗人即将远行。
④ 物象:外界事物。[三国·魏]曹植《七启》:"耽虚好静,羡此永生。独驰思于天云之际,无物象而能倾。"
⑤ 徂日月:徂,过去。徂日月,指时光流逝。

⑥ 垂条扶质：〔西晋〕陆机《文赋》："理扶质以立干，文垂条而结繁。"这里指进入解放区后，诗文能写得更加坚实与丰厚。

〔**评点**〕

　　此诗是诗人在远行前写给家人的一封"留言书"。首联告知家人自己离家远行的原因，即在如今险恶的环境下，诗人的文学创作也受到很大束缚，因此需要投入到新的环境中。颔联进一步道出了自己在文学事业上的失意：虽然希望以好的刚健的作品对抗外界的黑暗势力，但因为种种原因只能聊以抒写自己的抑郁之情。颈联笔锋一转，通过对北国春光的描写暗示自己即将奔向解放区的欢欣雀跃。尾联则是诗人对家人的宽慰，通过典故委婉地告知告诉家人自己即将在自由与光明的环境中创作出更为优秀的文学作品。整首诗抒发了诗人在新中国成立前夕即将投奔山东解放区的迫切和喜悦之情，也反映了诗人对美好未来的展望。全诗结构紧凑，层次分明，运用比喻、暗示、化用典故等多种手法，诗意婉曲而自然。

示爱居

碧桃①未落放娇棠②,絮影无痕③一道长。
卧看沧波④变风雨,午窗渐喜密阴凉。

〔**题解**〕

本诗选自《剑啸庐诗草·补编》,1949年初夏写于青岛。爱居:郑爱居(1891—1958),名云渠,又名时,号爱居,山东诸城人。擅书法、绘画,现代著名金石家、藏书家。郑爱居是王统照在青岛结识的文友。

〔**注释**〕

① 碧桃:植物名,蔷薇科。桃的变种,落叶小乔木。叶披针形。春季开花,重瓣,白色、粉红至深红,或洒金。可供观赏和药用。
② 娇棠:妩媚可爱的海棠花。
③ 絮影无痕:形容碧桃与海棠两种花的枝叶映在窗户上呈现出絮絮络络、杂乱不一的影子与痕迹。
④ 沧波:大海的波涛,暗喻解放战争中人民的革命力量。

〔评点〕

  这首诗写于青岛解放前夕，当时人民解放军频频传来捷报，祖国大部分地区已经获得解放。诗人借景抒情，表达了对解放战争胜利的喜悦和对新中国即将成立的美好期盼。从整体来看，全诗通篇都在写景，但是前两句和后两句的风格明显不一。前两句写碧桃和娇棠争相绽放、交相辉映的美丽景色，这与此时青岛即将解放、全国即将迎来光明的局势是一致的。后两句的气势陡然一转，将视野转向广阔的大海，此时的风雨不再喻指旧社会的恶劣环境，而是象征着全国解放革命气势。结尾一个"喜"字表达了王统照发自内心的雀跃之情。整首诗形象鲜明，集"婀娜"与"刚健"于一身，借景抒情而无雕琢之痕迹，构思精巧，寓意深刻。

第三辑

和公制先生（其一）

细雨迎春候①，穰收②望岁同。
昭苏③符众愿，民力感和融。
日丽江山静，时还豚酒④丰。
儿童争笑语，欢祝向遥空。

〔题解〕

本诗选自《剑啸庐诗草·补编》，约写于1950年。公制先生，即张公制（1876—1966），原名介礼，字公制。安丘人，曾任山东省议会议长，并拒绝担任国民党的职位。张公制吟诗成癖，清末民初与县内知名人士共建渠亭吟社，曾汇编石印《渠亭吟社诗草》。自1912年至"七七事变"共写诗200余首，1945年又将1937年至1945年的诗作汇编为《奇觚集》。60年代初期，选取旧作及新中国成立后吟成的若干首汇集成《奇觚诗选》。此外还著有《济南杂诗》《军阀统治山东时期纪事诗》等。

〔注释〕

① 春候：春日之气候。［唐］杜牧《雪中书怀》："且想春候暖，瓮间倾一卮。"
② 穰收：穰，庄稼丰熟。穰收，庄稼丰收。

③ 昭苏：苏醒，恢复生机。

④ 豚酒：猪肉和酒。［宋］陆游《游山西村》："莫笑农家腊酒浑，丰年留客足鸡豚。"

〔评点〕

　　这首诗写于新中国成立后，描绘了祖国欣欣尚荣的景象。首联写春风细雨，庄稼丰收，一派生机勃勃的景象。颔联则描绘了春暖花开、万物复苏、人民和乐融融的景象，富有生机。颈联写新中国成立后，山河恢复了美丽宁静，人们丰衣足食，把酒言欢。尾联通过孩子们的欢声笑语，体现了新时代人们的幸福生活，并表达了对祖国美好未来的欢庆与祝福。整首诗描写了新中国成立后的新气象，既是写春天生机勃勃的景象，实则也是在写新中国的春天，表达了诗人对新中国成立的喜悦和热爱之情。

土地改革

朦朦①垌野②动初耕③,湿雾柔风草木萌。
畛画④大田归力啬⑤,刬除⑥豪暴望均平。
高低税亩公私益,孺妇比邻弦诵声。
况是春来逢好雨,祝收欢意溢乡城。

〔题解〕

本诗选自《剑啸庐诗草·补编》,约写于1950年春。1947年,中国共产党召开全国土地会议,决定在解放区进行土地改革,制定了《中国土地法大纲》。大纲规定:废除封建和半封建的土地制度,实行耕者有其田的土地制度,按农村人口平均分配土地。在土地改革中,中共贯彻依靠贫农,团结中农,有步骤地有分别地消灭封建及半封建的土地制度,发展农业生产的土地改革总路线。1950年6月30日,中央人民政府根据新中国成立后的新情况,颁布了《中华人民共和国土地改革法》,它规定废除地主阶级封建剥削的土地所有制,实行农民的土地所有制。自此农民翻身成了土地的主人,真正获得了解放。此诗是诗人有感于土地改革而作。

〔注释〕

① 脒脒：肥沃、肥美的样子。[晋]左思《三都赋》："脒脒坰野，奕奕菑亩。"

② 坰野：犹坰外，遥远的郊野。

③ 动初耕：开始了春耕。

④ 畛画：畛，界限，区分。畛画，划分开。

⑤ 力啬：啬，古同"穑"，收割庄稼。力啬，努力耕作。[东汉]班固《汉书·成帝纪》："书不云乎，服田力啬，乃亦有秋。"

⑥ 刬除：刬，同"铲"。刬除，除掉、打倒。

〔评点〕

　　这首诗歌颂了党的土地改革政策，但并未空发议论，而是从具体形象入手。首联以白描手法勾勒出一幅春耕图：柔风细雨中，雾气朦胧，草木茂盛，肥沃的田野上已经开始了春耕，呈现出一派欣欣向荣的气象，字里行间洋溢着农民的喜悦之情。颔联和颈联描写了土地改革政策的实施，使农民翻身成为土地的主人。最后两句，诗人展望未来丰收的场景，春雨滋润大地，城乡都充满了欢声笑语。这首诗通过比喻的手法，描写了土地改革给农民带来的幸福生活和美好希望，诚挚地赞美了中国共产党的土地政策。

取缔邪教道门

弓蛇①市虎②惑传闻，画箓③飞箕④炫鬼神。

货利萦心⑤能吊诡，密谋蠹国⑥有奸因。

好除萧艾⑦植芳草⑧，力辟荆榛⑨泛路尘。

明教辛勤非易事，治平端在做新民。

〔题解〕

本诗选自《剑啸庐诗草·补编》，约写于1950年。解放初期，反动会道门盛行，一些不法分子宣扬封建迷信，愚弄和煽动人民群众，妄图颠覆无产阶级政权，时任山东省文化局局长的王统照，有感于此，遂作此诗。

〔注释〕

① 弓蛇："杯弓蛇影"的缩写，典出《晋书·乐广传》："尝有亲客，久阔不复来，广问其故，答曰：'前在坐，蒙赐酒，方欲饮，忽见杯中有蛇，意甚恶之，既饮而疾。'于时河南听事壁上有角漆画作蛇。广意杯中蛇即角影也。复置酒于前处，谓客曰：'杯中复有所见否？'答曰：'所见如初。'广乃告其所以，客豁然意解，沉疴顿愈。"

② 市虎：即"三人成虎"。《战国策·魏策二》："夫市

之无虎明矣,然而三人言而成虎。"《淮南子·说山训》:"三人成市虎。"

③ 画箓:画符求神。

④ 飞箕:箕,星名,二十八星宿之一。飞箕,言从天空飞来二十八星宿,即天兵天将。此处指一种封建迷信活动。

⑤ 货利萦心:货利,货物财力。萦,缠绕。萦心,牵挂,此处指扰乱人心。货利萦心,此处指利欲熏心。

⑥ 蠹国:蠹,蛀蚀。蠹国,害国。

⑦ 萧艾:臭草、蒿类植物,常用来比喻品质不好的人。这里指毒害人民精神健康的东西。

⑧ 芳草:香草,气味清香的花草,指有利于人民精神健康的事物。

⑨ 荆榛:丛生灌木,这里指有害的事物。

〔评点〕

　　这首诗揭露了邪教道门的反动本质,表达了诗人与之坚决斗争的决心。首联以众所周知的两个典故,形象地描绘了邪教分子在社会上散布谣言、愚弄群众的丑陋嘴脸,表达了诗人对邪教的批判。颔联一针见血地指出了邪教分子利欲熏心,毒害社会和国家的无耻行径。颈联以生动的比喻表达了诗人对反动事物的态度,所谓必须拔除毒草,以"芳草"代之。尾联则提出了应对毒草的方法,即要积极耐心地教育并引导群众,让其明辨是非,成为新中国的公民。整首诗虽写的是政治内容,但并没有刻意呆板的说教,而是以丰富的典故、生动的比喻层层说明,鞭辟入里,使诗的内涵更耐人寻味。

一九五〇年仲冬雪后（其一）

空堂早起冽寒①增，一雪能教万象澂②。
猛忆三韩③苦战后，凯歌声里火云升。

〔**题解**〕

本诗选自《鹊华小集》，写于 1950 年 12 月。仲冬，冬季的第二个月，即农历十一月。1950 年，王统照到济南就任山东省文教厅副厅长。这首诗就是他新中国成立后回到济南的第一个冬季写的。这里选其中第一首。

〔**注释**〕

① 冽寒：寒冷。
② 澂：同"澄"，清亮透明。这一句是说一场雪使得整个大地变得雪白。
③ 三韩：古时朝鲜南部有马韩、辰韩、弁韩，合称三韩。这里指朝鲜。这里的三韩苦战指抗美援朝战争。

〔**评点**〕

这首诗是诗人寒冬大雪后有感而作，抒发了诗人复杂的心绪。第一、二句写诗人早起后，倍感寒冷，大雪使整个世界变得雪白明亮。"增"字从触觉上说明了早上温度之低,对于体弱多病的诗人来说,寒冷更甚;"潋"字则从视觉上描绘了严冬大雪给大地带来的变化,说明了雪之深和厚。第三句,抗美援朝战争的爆发给新中国的成立蒙上了一层阴影,诗人望着皑皑白雪,由当下的战争局势联想到往昔中国经历的战争风云,不禁感慨万千。最后一句笔锋一转,表达了诗人对抗美援朝战争胜利的期盼。王统照在新中国成立前也写了不少有关战争的诗词,与以往的愤慨相比,这首诗多了一丝平和与豁达。

病 过

病过严冬忽及春,哢①晴鸟雀闹暄晨②。
压柯③冻雪余寒在,著蕾青条撷④意新⑤。
一室寂寥亲药物,同心激发逐风尘⑥。
愧无健羽凌浩荡,波静沧溟⑦已足欣。

〔题解〕

本诗选自《剑啸庐诗草·补编》,约写于1951年春,是诗人在病后迎来春天有感而作。

〔注释〕

① 哢:鸟叫。
② 暄晨:暖和的早晨。
③ 柯:树枝。〔晋〕陶潜《读〈山海经〉》:"洪柯百万寻,森散覆旸谷。"
④ 撷:摘下,取下。
⑤ 迎春已含苞待放(作者原注)。
⑥ 此处指抗美援朝战争时,医疗队赴朝鲜支援。
⑦ 沧溟:海水弥漫的样子,常用来指大海。〔唐〕元稹《侠客行》:"此客此心师海鲸,海鲸露背横沧溟。"

〔评点〕

　　这首诗描写了严冬过后的明媚春景。首联写诗人在病中度过寒冬，不知不觉就迎来了春天，在暖和的清晨听到了鸟叫。颔联描写了由冬及春的景色，树枝上还残留着冰雪，但是树木已经抽条，花儿也含苞待放。这里借用春天迷人的景色，暗示了祖国经历历史风云的变幻后迎来新生，一片生机勃勃的景象。颈联将视野转入室内，满眼都是药物，自己独自一人，而同胞们已经奔赴朝鲜救援。尾联则抒发了诗人因病不能与同胞们一起奋战在祖国建设第一线的无奈和愧疚之情。建国之后的王统照，渴望施展自己的抱负，为祖国建设做贡献，然而经历了旧社会的重重波折，已是体弱多病，有心无力。这首诗比较典型地反映了他在新时代有志高翔而又"愧无健羽"的矛盾心理。

忙中二首

佳书难得笔难挥,日日窗前傲翠微①。
偷得余闲灯下坐,忍听黄叶拂窗飞。

忙时促突②散时清,夜冷霜霏③对月明。
欲语无人香懒炷④,拥书惆怅此时情。

〔题解〕

　　本诗选自《剑啸庐诗草·补编》,约写于1951年冬。新中国成立后,王统照怀着满腔热忱奋斗在文化事业的前线,1951年,他当选为山东省文联主席,整日埋头工作。诗人在进行了又一整天紧张的工作之后,闲时对月静思写下这首诗。

〔注释〕

　　① 翠微:青翠的山色,也泛指青翠的山。
　　② 促突:匆忙、紧张。
　　③ 霜霏:霏,雨雪大的样子。霜霏,浓霜。
　　④ 炷:燃烧,烧。

〔**评点**〕

　　第一首，一、二句写诗人日日办公，鲜少挥笔创作。三、四句，写诗人忙碌了一天，终于可以在灯下静坐，听黄叶拂窗的声音，既点明了环境的寂静，也暗示了诗人内心的宁静与孤寂。第二首写诗人对月静坐，夜冷霜重，流露出一丝凄凉。最后一句直接抒发了诗人的惆怅之情。虽然忙碌的工作使王统照感到奉献的快乐，但他最热爱的依然是创作，再加上自身体弱多病，很多时候感到有心无力，因此在夜深人静之时常陷入惆怅。这组小诗语言明白晓畅，细腻地道出了诗人内心的复杂情绪。

莒县吕家庄绿湾小坐口号（其一）

绕湾榆柳密如云，唼喋^①游鱼破水纹。
菜圃绿分^②田麦旺，弄晴^③鸟雀叫纷纷。

〔题解〕

本诗选自《鹊华小集》，写于 1952 年 4 月 29 日。据王立鹏《王统照诗词注评》释，1952 年 4 月，时任中国作协理事、山东省文联主席的王统照带领一部分青年文艺工作者到山东省莒县吕家庄调查访问、体验生活，并写下了十五首旧体诗，集中反映了解放初期农村政治经济等各方面的变化发展。这首诗是其中第一首。

〔注释〕

① 唼喋：亦作"唼嗻"，形容成群的鱼、水鸟吃东西的声音。［汉］司马相如《上林赋》："唼喋菁藻，咀嚼菱藕。"
② 绿分：形容一畦畦的青菜像是被绿色切成很整齐的方阵。
③ 弄晴：弄，赏玩。［唐］李白《别山僧》："何处名僧到水西，乘舟弄月宿泾溪。"弄晴，指禽鸟在初晴时鸣啭、戏耍。

〔评点〕

　　王统照自中学时代起，就十分关注农村问题。在旧社会，王统照目睹了农村经济的颓败和农民的悲惨命运，并将其反映在文学创作中，诸如《山雨》《五十元》等作品，都哀叹了中国农民的不幸。新中国成立后，农民翻身成为国家的主人，农村面貌也焕然一新。王统照看到新中国成立后的莒县吕家庄，绿树成荫，鱼虾满塘，庄稼丰收，一派欣欣向荣的景象，诗人由衷地为此感到喜悦。整首诗语言轻快活泼，色调明丽，寓情于景，是王统照献给新中国成立后新农村的一首赞歌。

济宁纪行（其一）

莱菔①青青菘苣②肥，柳荫蔬圃③绕荆扉④。
名泉⑤曾浣⑥"仙才"⑦笔，尚有淳泓⑧映落晖。

〔题解〕

本诗选自《鹊华小集》，写于1952年初秋，载1957年12月2日《人民日报》《王统照先生遗作（旧体诗五首）》题下。

〔注释〕

① 莱菔：萝卜。
② 菘苣：菘，菘菜，即白菜；苣，莴苣。菘苣，这里泛指蔬菜。
③ 蔬圃：种植蔬菜的绿地。
④ 荆扉：扉，门扇。荆扉，柴门。[晋]陶潜《归园田居》："白日掩荆扉，对酒绝尘想。"
⑤ 名泉：指浣笔泉，济宁名胜古迹之一，相传李白曾浣笔于此。现浣笔泉尚存。
⑥ 浣：洗。
⑦ 仙才：超凡越俗的才华，又以赞美才情豪迈、气韵飘逸的诗人。宋代宋祁评唐人诗云："太白（李白）仙才，

长吉（李贺）鬼才。"故后世多以仙才专称李白。

⑧淳泓：泓，水深而广。淳泓，深水潭，此处指李白浣笔泉。

〔评点〕

　　王统照在济南求学时期，就常与同学到郊外游览名胜古迹，写下了不少记游诗，如《同翔兄宣侄夜游明湖》《汇泉山行》《端阳日郊游》等。这些诗作在郊游的欣喜之余，常透露出诗人在时代压迫下的抑郁和惆怅。这首诗写于新中国成立后，一、二句用几个典型意象描绘了农村的美丽图景。王统照经历了从辛亥革命到新中国成立这一漫长岁月，看到农村焕然一新的面貌，内心由衷感到喜悦。三、四句由农村转向名胜古迹，历经风雨的李白浣笔泉，至今仍在落日下波光粼粼，勾起了诗人对历史风云的回忆，虽未言之，但我们不难体味到诗人此时内心的感慨。全诗语言通俗，基调明快，抒发了诗人在新中国成立后游玩的闲适心情。

题澄之摄相片

卅载定居地①，秋晖②共倚栏。
双榆仍健在③，大海自安澜。
风雨昔年梦，童孙此日欢④。
夕阳绚金彩，天宇⑤动奇观。

〔题解〕

本诗选自《鹊华小集》，写于1953年6月，诗前小序云："1952年10月，澄之为摄青寓观海二路小景，翌年6月以放大像相赠，遂题一诗于上。"李澄之，原名李澄，字若秋，山东临沂人。早年是五四运动的健将，参加过国民党，也参加过北伐战争；大革命失败后，他脱离国民党，为民主事业冲锋陷阵，新中国成立后曾任山东省副省长。

〔注释〕

① 王统照自20年代初定居青岛，至此时已是30年。
② 秋晖：秋景。
③ 院中双榆挺立已念年矣（作者原注）。
④ 时余挈镇瑛孙至青（作者原注）。
⑤ 天宇：天空。〔唐〕刘禹锡《有僧言罗浮事，因为诗以写

之》:"海黑天宇旷,星辰来逼人。"

〔评点〕

　　对王统照来说,观海二路 48 号这座小楼房有着非常独特的意义。从 20 年代初至此时,王统照已在此度过了人生最为曲折的 30 年,这座小楼不仅见证了诗人大半生的喜怒哀乐,同时也与诗人一起见证了中国由旧而新的历史风云变幻。颔联写诗人看到小楼的相片,回忆起小楼里依然屹立的榆树以及自己无数次倚楼遥望的波澜壮阔的大海,不禁感慨万千。颈联将往昔的风雨与如今儿孙满堂的欢乐对比,突出了今日幸福生活的不易。最后一联通过描写夕阳西下的绚丽景色,表达了诗人的悠闲、喜悦之情。整首诗语言明白晓畅,对仗工整,字里行间饱含诗人的情感,抒发了王统照故地重游的多种复杂情绪。

一九五三年中夏再入青市人民医院

桐花春絮落,槐叶午阴凝。

初霁①忙飞燕,沉思效定僧②。

芰荷③浮渌水④,禾稼茂新塍⑤。

坐叹良时逝,裵裵⑥力不胜。

〔题解〕

本诗选自《鹊华小集》,1953年夏写于青岛。新中国成立后,王统照的气管炎日益严重,多次住青岛市人民医院治疗。

〔注释〕

① 初霁:霁,雨雪停止,天气放晴。初霁,天气初晴。

② 沉思效定僧:意思是像入定的和尚,静坐沉思。

③ 芰荷:指菱叶和荷叶。屈原《离骚》:"制芰荷以为衣兮,集芙蓉以为裳。"

④ 渌水:清澈的水。

⑤ 塍:田间的土埂子。

⑥ 裵裵:裵,古同"裴"。裵,聚集。裵裵,徘徊。

〔评点〕

　　这首诗是诗人在病中所作,描写了仲夏青岛的迷人景色。首联两句,以"桐花""槐叶"两个意象勾勒出仲夏之景,"春絮落"营造出一种唯美的氛围,"午阴凝"写出了槐树的茂盛,生机勃勃。颔联,天气初晴,燕子飞来飞去,诗人却像定僧一样静坐沉思,一动一静,形成鲜明的对比,突出诗人内心之静。颈联又描绘了夏天特有的景色,荷花盛开,庄稼繁荣生长,显示出旺盛的生命力。尾联笔锋一转,面对如此美丽的夏景,诗人想到自己病痛缠身,只能在医院虚度时光,叹息不已。前面生机勃勃的夏景与诗人孱弱的身体构成了一种反差,诗人为祖国大好河山的美丽而陶醉时,更为自己体弱多病无法投入自己热爱的事业中而感到无奈,最后一句"裹衰力不胜"直接抒发了诗人有心无力的抑郁。

寄示东厓先生

榴花①照眼密槐阴,一病因循入夏深。

心力日迟由气弱②,鬓丝年往任霜侵。

江南梅雨兼旬往③,海畔金针④再度寻。

一室虚白聊止止⑤,纫兰辟芷觅骚心⑥。

〔题解〕

本诗选自《鹊华小集》,写于 1953 年夏。东厓先生,即丁东厓,画家,山东潍县人,是王统照在青岛结识的文友。

〔注释〕

① 榴花:石榴花。[唐]韩愈《榴花》:"五月榴花照眼明,枝间时见子初成。"
② 心力日迟由气弱:这一句指诗人由于气管炎日益严重,呼吸困难,精力一天不如一天。
③ 指六月初去上海,十一日返(作者原注)。
④ 金针:中医针科医疗用的针,比喻秘法、诀窍。这里指求医问药的办法。
⑤ 一室虚白聊止止:语本《庄子·人间世》:"瞻彼阕者,虚室生白,吉祥止止。"陆德明释文:"崔云:'白者,

日光所照也。'司马云：'室，比喻心，心能空虚，则纯白独生也。'"虚白，谓心中纯净无欲，常用来形容一种澄澈明朗的境界。〔唐〕杜甫《归》："虚白高人静，喧卑俗累牵。"止止，犹止之，止于其上。

⑥ 指本月纪念屈原，各报刊上多有论文，余在病中亦凑《楚辞》一过（作者原注）。纫兰辟芷，语出屈原《楚辞·离骚》："扈江离与辟芷兮，纫秋兰以为佩。"纫兰，比喻人品高洁。辟芷，幽香的芷草。觅骚心，指王统照在医院里读《楚辞》及发表在报刊上的纪念屈原的文章。

〔评点〕

新中国成立后，原本就体弱多病的王统照身体每况愈下，多次住青岛市人民医院治疗。可以说，他在新中国成立后的大半时光都是在病中度过的。在漫长的住院时间里，王统照只能通过写旧体诗排遣寂寞，如《一九五三年中夏再入青市人民医院》《一九五三年再度住青岛市人民医院》《难得》等，或表病中的抑郁无奈，或抒发苦中作乐的精神。这首诗同样写于病中，首联以景开篇，榴花开得灿烂，槐树成荫，诗人的病却越来越重。颔联两句描写了诗人的身体状况：气弱心力迟，鬓丝任霜侵。颈联写面对日益加重的病情，诗人只能前往上海求医治病。尾联写诗人虽在医院，但仍然保持"虚白"的状态，坚持读书看报，体现了他热爱生活的一面。

相别卅年重晤济南书此
以呈陈毅同志笑正(选二)

二

卅年重见鬓苍然①,锻炼羡君似铁坚。

踏遍齐鲁淮海土,为民驱荡靖尘烟②。

四

明湖③柳影望毵毵④,半日山游兴味酣⑤。

好摅⑥胸怀同努力,饮君佳语胜醇甘。

〔题解〕

本诗选自《剑啸庐诗草·补编》,约写于1954年夏。1924年王统照与时为中法大学学生的陈毅相识,谈诗论文甚洽,遂介绍陈毅加入文学研究会。二人联系密切,友谊深厚。三十年之后,即1954年夏,两位朋友又在济南重晤,同游大明湖、千佛山等名胜古迹。归来,王统照写成四首诗赠陈毅。但诗写就后,因故并未寄出,直到1957年11月王统照逝世后,家人把他亲手用彩笔写的《赠陈毅同志》寄给臧克家同志以做纪念。此诗最初发表在1958年2月号的《诗刊》上,标题是《赠陈毅同志》。这里选其中两首。陈毅,名世俊,字仲弘,四川乐至人。无产阶级革命家、政治家、军事家、外交家、诗人。

〔注释〕

① 苍然:苍老的样子。
② 指1948—1949年陈毅作为指挥官之一参与了淮海战役,此次战役取得了全面胜利,解放了长江中下游以北的广大地区。
③ 明湖:即大明湖。
④ 毵毵:毛发、枝条等细长垂拂、纷披散乱的样子
⑤ 1954年陈毅同志到济南与作者同游千佛山,访龙洞,读宋代元丰碑。
⑥ 摅:抒发,表达。

〔评点〕

　　第一首诗表达了诗人与友人重聚的激动和感慨。三十年后重见,诗人已两鬓斑白,欣羡陈毅仍有健康的身躯。与此同时,诗人盛赞了友人的丰功伟绩,陈毅元帅转战大江南北,足迹踏遍祖国大地,保卫了人民,诗人感到由衷的敬佩。第二首诗则描写诗人与陈毅元帅重聚游玩的喜悦之情。首句描绘了大明湖柳影毵毵的美景,奠定了本诗明快的基调。第二句以"兴味酣"概括了诗人与陈毅元帅半日游山的兴致和欣喜。最后两句,王统照与好友舒怀畅谈,努力共勉,陈毅元帅的鼓励之语,胜过甘泉美酒,令诗人欢欣鼓舞。

重读江译日人著《先秦经籍考》

秦火①余留觅证难,钩陈②索隐校严宽。
果从讴诵传副墨③,却为射筹任史官④。
两汉简书淆谶纬⑤,五经⑥今古⑦竟从残⑧。
自揆⑨览解疏分比,愧向虫鱼效研钻。

〔题解〕

本诗选自《鹊华小集》。江,指江侠庵;日人,指内藤虎次郎,《先秦经籍考》主要包括先秦经籍考提要、总论类、中国古史起源考等。

〔注释〕

① 秦火:指秦始皇焚书坑儒事。
② 钩陈:探索考核。
③ 副墨,庄子虚拟的含有寓意的人名,引申为文字、诗文。
④ 引王静庵说法。王以算与简其始同是盛算之器,即盛简之器,而史是持盛简之器者也。日人内藤博士论史实于射仪之计算官,即谓持盛算之器者云云(作者原注)。
⑤ 谶纬:谶,秦汉间巫师、方士编造的预示吉凶的隐语。纬,汉代迷信附会儒家经义的一类书。谶纬,谶书和纬

书的合称，指古代中国的儒家神学。

⑥五经：五部儒家经典，始称于汉武帝时，即《诗》《书》《礼》《易》《春秋》。

⑦今古：今文经学和古文经学。

⑧丛残：即"丛残"，琐碎、零乱，亦指琐碎零乱的事物。［东汉］桓谭《新论》："若其小说家，合丛残小语，近取譬论，以作短书，治身理家，有可观之辞。"

⑨自揆：揆，揣测。自揆，自己揣测。

〔评点〕

这是一首表现诗人治学态度的诗。在首联中，诗人通过"觅证难""校严宽"来言明治学考证的难度之大。颔联再引用古人说法表明内藤博士的治学严谨，暗含钦佩之意。颈联诗人以"两汉简书"和"五经"为例，说明前人留下的典籍或鱼龙混杂，或残缺不全，因而在治学过程中须格外严谨。尾联"愧向虫鱼效钻研"表达了王统照虚心学习、认真严谨的治学态度。该诗描写了诗人阅读内藤博士著作之后对于治学的感受，语言简练而意蕴深刻，实事求是之中又暗含诗人的情感态度，引人深思。

以《山雨》赠克家附题四十字

东北风云急，中原狻猊①多。
大田艰稼穑②，碧血幕③山河。
望变能通久④，悲秋⑤岂啸歌。
当年涂抹⑥意，力弱愧挥戈。

〔题解〕

本诗选自《鹊华小集》，写于1955年春。《山雨》是王统照创作的长篇小说，描写了20年代末期在帝国主义和国内反动政府的统治下，北方农民从麻木到觉醒的过程，预示了"山雨欲来风满楼"的革命风暴。初版于1933年，1955年2月人民文学出版社再版。诗人将其赠予臧克家，并赋诗一首。

〔注释〕

① 狻猊：古代传说中一种吃人的猛兽。这里比喻压榨劳动人民的反动统治者。
② 稼穑：种植与收割，泛指农业劳动。
③ 幕：覆盖。
④ 语出《周易·系辞下》："穷则变，变则通，通则久。"

指事物发展到了极致，就会产生变化，而变化又能促进事物长久地发展。

⑤悲秋：看到萧瑟秋景而感到悲伤。

⑥涂抹：随意地写或画。这里指诗人进行文学创作。

〔评点〕

　　这首诗表达了诗人创作长篇巨著《山雨》的动机和意图。首联开门见山指出了《山雨》的写作背景：日本侵略者已经侵占了我国东北部分领土，形势危急，农民生活在水深火热中。颔联以悲愤的笔调，描绘了东北的惨状：农村破产，血染山河。作为一个知识分子，诗人有心无力，只能用笔描写东北社会的黑暗和农民的疾苦。与挥戈上阵的战士相比，诗人自惭形秽。如今诗人回忆起过往种种，依然心绪难平。整首诗语言简洁有力，笔调沉稳，情感层次分明。

游碧云寺

经春悬饮①未全苏,假日欣欣适野区②。
复道绿阴新栋宇,穿云苍柏响笙竽③。
卅年梦语随流远④,一代雄风启国模。
石磴⑤听泉独坐之,羞从碧影鉴⑥眉须。

〔题解〕

选自《鹊华小集》,写于 1955 年 7 月。诗前有序云:"1955 年 7 月在京开全国人民代表大会,星期日游碧云寺,余以肺病不能登高,坐寺门内泉侧候同游者。"碧云寺,位于北京海淀区,是一座布局紧凑、保存完好的园林式寺庙。创建于元朝。

〔注释〕

① 悬饮:令人担忧的饮食。王统照患肺病痰多,饮食困难,故曰"悬饮"。
② 适野区:到达处于北京西郊的碧云寺。
③ 笙竽:笙和竽,因形制相类,故常联用。这里指寺庙的钟声。
④ 卅年梦语随流远:王统照曾于 1918 年到中国大学读书,从那时到现在已是三十余年。

⑤ 石磴：山路的石阶。
⑥ 鉴：照。

〔评点〕

  这是一首情感丰富的记游诗，首联直接叙事，诗人虽身患旧病还未痊愈，但依然欢欣鼓舞游碧云寺。颔联承接上联，描写碧云寺宜人的仲夏之景：大道宽阔，绿树成荫，楼阁耸立，美妙的音乐飘荡在苍柏之间。面对如此美景，诗人进而回忆起旧中国的种种过往，不禁感慨万千。心中虽有惆怅，但看到如今祖国的欣欣向荣之景，又感到十分欣慰。最后两句回归到诗人自身，独坐听泉，静静深思，想起自己为新中国还未曾做出太多贡献，不禁羞于面对自己。整首诗在清新明快的基调上又表现了诗人想为祖国做贡献而力不从心的惭愧之感，在游览的热闹之余又不乏静谧的幽思，体现了诗人的复杂情绪。

翔千兄逝世诗以纪感（选二）

学成恰遇革新初①，皮履西装过市趋②。
烟斗在怀舌在口，尚余手笔肄抨吁③。

同向黄河看巨桥④，同评史迹作诗谣⑤。
丸泥刻杖⑥孳孳⑦意，趣永神凝艺事超。

〔题解〕

　　本诗选自《剑啸庐诗草·补编》，约作于1956年王翔千逝世后。王翔千，原名王鸣球，字翔千，山东诸城人，是王统照的同乡。五四时期曾致力于新文化事业。这组诗共六首，是王统照为王翔千写的挽诗。王统照将此诗写在一张纸上，在追悼会上交给王翔千的长子王希坚，所以能够保存至今。

〔注释〕

① 王翔千成年期，适逢新文化运动的孕育阶段。他奋起打破一切旧传统，精力饱满地活跃在风起云涌的新文化运动中。那时，他从服饰到言行，都表现出一派革新的风度，从三十岁起就留起了大胡子，并自号"劧髯"。
② 趋：疾走，快步而行。

③抨吁：抨击、呼喊。

④巨桥：指坐落在济南泺口的黄河铁路大桥。

⑤1916年前后，王翔千到济南谋事，这时王统照也到济南来读书。他们曾一起游历黄河大桥，吟诗作赋，并编成一部《九秋吟草》，但这部诗稿早已遗失。

⑥丸泥刻杖：丸泥，指归隐。刻杖，一般指刻有鸠首的拐杖，用指退居园林，安度晚年，如[宋]梅尧臣《咏鸠》："何时将刻杖，扶助老夫行。"丸泥刻杖，指退休后安享晚年。

⑦孳孳：努力不懈。

〔评点〕

　　第一首诗中，诗人以"皮履西装""烟斗在怀"勾勒出王翔千这一五四新青年的形象。"过市趋"从动态角度描写了王翔千步履匆匆的神态，十分生动。二、三句从侧面反映出王统照对友人的了解之深、感情之重。最后一句由对王翔千的外貌转向思想内涵，作为新文化运动的积极响应者，王翔千以手中之笔抨击黑暗，鞭挞邪恶，短短七个字便突出了王翔千思想性格的主要特征。第二首诗主要回忆了诗人与王翔千之间交往的美好经历。一、二句详细叙述了他们之间的友好往来，反映出他们不论是在生活上还是在事业上，都十分契合，深情厚谊溢于言表。三、四句则写王翔千中年之后虽晦迹隐居，但仍然保持着努力不懈的精神，专注于自己的兴趣。诗人虽然没有正面描写自己的心情，但在美好的回忆面前，友人的逝世令诗人更加沉痛，哀悼之情更甚。

为路大荒先生题所藏蒲松龄文稿遗墨（其一）

摅思①托笔②借园亭，孤愤③能舒鬼狐型。
意非妄言听须正，西风凄响夜枫④青。

〔题解〕

本诗选自《鹊华小集》，约于1956年写于济南。王统照晚年对《聊斋志异》有所研究，这首诗便是对《聊斋志异》的评价。路大荒（1895—1972），原名路鸿藻，曾用名路爱范，字笠生，号大荒山人、大荒堂主人，山东淄博人。杰出的《聊斋》学研究先驱，是版本目录学专家，古籍、书画、古玩鉴定专家和书画家。

〔注释〕

① 摅思：摅，抒发，表达。[汉]班固《西都赋》："愿宾摅怀旧之蓄念，发思古之幽情。"
② 托笔：指《聊斋志异》的一种艺术手法，即借鬼妖狐媚写人间世。
③ 孤愤：耿直孤行，愤世嫉俗。
④ 枫：木名。[楚]屈原《招魂》："湛湛江水兮上有枫。"

〔评点〕

　　《聊斋志异》，俗名《鬼狐传》，是清代著名小说家蒲松龄创作的文言短篇小说集。题材广泛，内容丰富，情节曲折离奇，具有极高的艺术成就。这首诗以简洁的语言表达了王统照对《聊斋志异》的看法，透露出诗人的思想倾向。首句总结了《聊斋志异》的艺术手法，即托物言志的曲笔和隐笔。第二句点出了这部作品写鬼画狐背后的主旨，即表达蒲松龄鞭挞黑暗、愤世嫉俗的思想。第三句是对《聊斋》现实主义艺术方法的高度概括：表面看来，《聊斋》里的故事荒诞无稽，但其中却蕴含深刻的寓意，所以并非妄言，而需读者仔细体会。最后一句以景抒发了诗人的感受，流露出凄凉之感。

题王献唐先生画红梅扇面

铁骨冰胎古艳姿,冷欺霜雪破胭脂[①]。
莫言枯干闷[②]生意,老树著花无丑枝[③]。

〔**题解**〕

　　本诗选自《剑啸庐诗草·补编》,写于1957年。王献唐(1896—1960),山东省考古学者。我国古代诗人与画家为了传达画意,经常在画面上题诗,后来又发展为在扇面上题诗,这种做法往往能收到诗画并茂、相得益彰的艺术效果。这首诗便是王统照为王献堂所画的红梅扇面的题诗。

〔**注释**〕

① 胭脂:一种红色的颜料,涂在两颊或嘴唇上以修饰面容,也用作国画的颜料。
② 闷:古同"闭",掩蔽。
③ 此句借用[宋]梅尧臣《东溪》中诗句:"野凫眠岸有闲意,老树着花无丑枝。"

〔**评点**〕

　　咏梅是中国古典诗词中十分常见的一个主题。王统照的这首扇面梅花题诗,着重展现了梅花的气质与风骨。首句写一枝"老梅"挺拔高洁的非凡姿态,"铁"字突出了梅树的铮铮傲骨,其姿态跃然纸上,"冰胎"则突出了梅树的清冷高洁,"古艳姿"则展现了红梅清丽脱俗的优美姿态。第二句写梅花在冰天雪地中迎寒绽放,"破胭脂"突出了梅花的艳丽色彩,白雪中的红梅,突出了强烈的色彩对比,形成一种视觉上的冲击。第三句由梅花的外形转向内在的品质,赞美其顽强的生命力和高洁的姿态。最后一句借用梅尧臣的诗句,既赞颂了梅花的品性,又以花自喻。经历了战争苦痛的王统照,正如这株"老梅",历经严冬终于迎来了春天。整首诗语言精练,构思巧妙,体现了王统照"刚健婀娜两平分"的美学主张,颇具风骨。

答 赠

疾病三旬逾①，衰运百务妨。
感深频问讯，室静觉天长。
软馏馎饦美②，新调荠韭③香。
更遣小儿女，挈④送过街忙。

〔题解〕

本诗选自《剑啸庐诗草·补编》，写于1957年。田仲济（1907—2002），山东潍县人，毕业于中国公学政治经济系。新中国成立后，担任过山东师范学院教授，山东师范大学教授、副校长，中国现代文学研究会副会长，等。

〔注释〕

① 疾病日甚，旧文中多连用（作者原注）。逾：越过，超过。
② 馏即蒸意，见《诗经》。馎饦古时已有，一种面食。
③ 荠韭：荠菜和韭菜。
④ 挈：用手提着。

〔评点〕

这首诗是王统照在病中感谢田仲济先生探望的答赠诗。首联写诗人已患病一个多月,影响了生活中的方方面面,短短十个字,既道出了诗人长久遭受疾病折磨的痛苦,又流露出因病不能工作的无奈。颔联并没有直接描写田仲济先生来访的情况,而是通过描绘田先生告别后病房寂静无声的冷清,更加反衬出田仲济先生来访给诗人带来的莫大安慰。颈联转而写诗人在病中吃到的美食,即山东的风味小吃,诗人因此感到喜悦。尾联则告诉读者,诗人享受的美食正是田仲济先生打发自己的孩子走街串巷送来的,寄托着田仲济先生浓厚的情谊,由此表达了王统照的感激之情。整首诗语言通俗晓畅,叙事平易朴实,感情真挚细腻,十分感人。